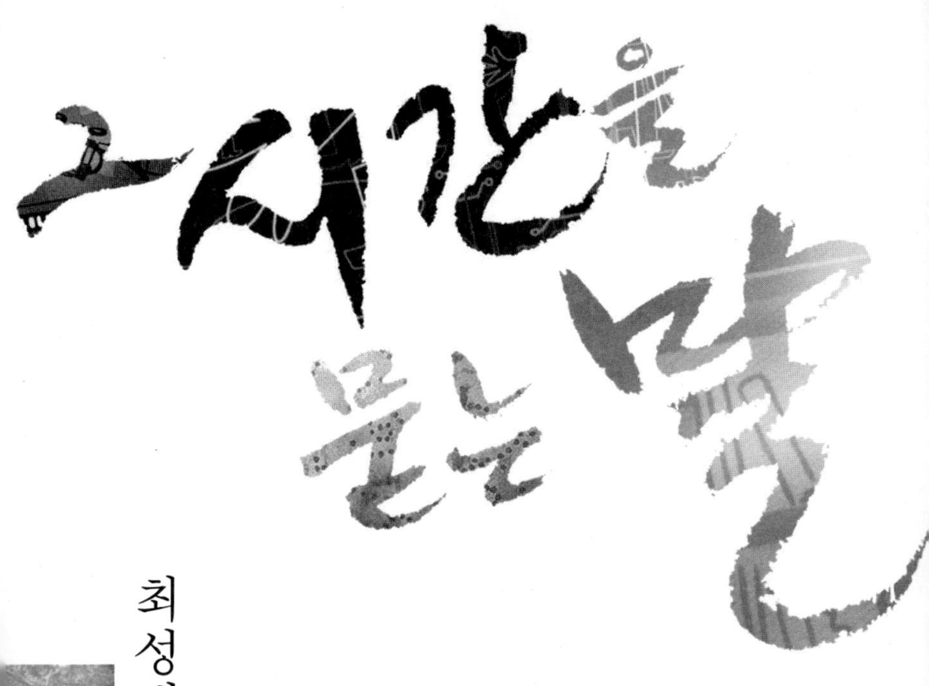

그 시간을 묻는 빛

최 성 배 산문집

청어

그 시간을 묻는 말

최성배 지음

발행처 · 도서출판 **청어**
발행인 · 이영철
기   획 · 김홍순 | 손영국
영   업 · 이동호
편   집 · 김영신 | 김인현
디자인 · 오주연
인   쇄 · 두리터

등   록 · 1999년 5월 3일(제22-1541호)

1판 1쇄 인쇄 · 2008년 8월 25일
1판 1쇄 발행 · 2008년 8월 30일

주소 · 서울시 서초구 서초동 1588-1 신성빌딩 A동 412호
대표전화 · 586-0477
팩시밀리 · 586-0478

블로그 · http://blog.naver.com/ppi20
E-mail · ppi20@hanmail.net

그 시간을 묻는 빛

음험한 생각을 달았던 몸도 시들어간다. 오래되어 너덜너덜해진 머리는 가끔 멈추려들고 옛 추억들은 바로 어제와 같다. 켜켜이 기름 쌓인 뱃살조차 쪼그라지고, 형형했던 눈마저 빛을 잃어갈거니 더 이상 무엇을 바라보겠는가.

험한 길 따라 막 굴러먹은 흠집투성이의 몸뚱이가 잘 버티어주었기에 망정이지, 그저 먹고 사는 노릇에 시달려 글을 쓰는 일조차 구차했다. 날은 저물어 갈 길은 흐리마리하게 바쁜데 딱히 제대로 해놓은 것조차 없고, 막차를 놓친 허탈감이 쓸쓸한 어둠으로 밀려올밖에.

인생의 처연함이 처마 끝에서 뚝뚝 떨어지는 낙숫물 같다는 생각이 드는 건 어쩐 일일까.

생각해보니, 인생은 저 미확인 비행물체 같은 것.

그림자 하나가 내게로 휙 다가올 때, 곁눈질로 슬쩍 보았거니와 나는 떠돌이별에서 잠시 머물렀구나.

일찍이 내가 사랑했던 이들은 모두 어디로 가 있는가. 티끌보다 못한 육신으로 주어진 삶과 처절하게 싸우며 우주의 허방 같은 공간에서 숨 쉬었던 이들.

나 또한 바야흐로 미지의 행성에 충돌할 것이니 피할 길 없으렷다.

이 글은, 어떤 잡지들에 실렸거나 비망록 안에 어설프게 그적그적 해놓았던 것이다. 헤아려보니 한 권 분량이 되어 이리저리 옹색하게 붙였는데 누더기처럼 되어버렸다. 어줍은 내 글에 무슨 부류가 있겠는가마는, 써야 할 의도가 분산되다보니 일정한 흐름을 유지하지 못했다. 막상 책으로 묶었으나 펴보시게 될 분들에게 송괴悚愧한 마음이 든다.

내가 부족한 탓이다.

밤꽃 흐드러질 무렵
허성배

contents

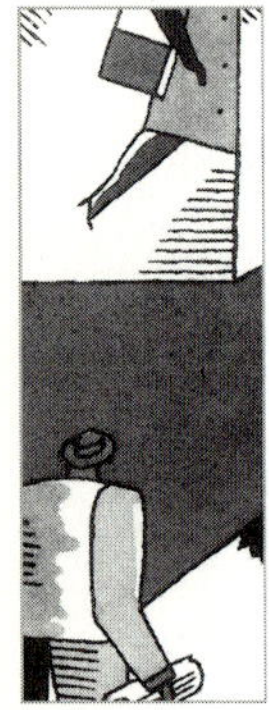

I
돌아오지 않을 시간을 위하여

II
빈 라덴이여, 머리카락 보일라

그 시간을 묻는 말 · 그 시간을 묻는 말 · 그 시간을 묻는 말

승리도 패배조차도 역사의 시간 속으로 스러지는 것이니 자만하거나 비통해하지 마라. 다만, 인간은 존재의 순간에 삶을 간직한다. 세상과 불화했던 이들이여, 울지 마라. 인간의 삶은 늘 그러했노라고.

돌아오지 않을 시간을 위하여

용산역에서 서대전역

시속 300킬로미터에 몸을 실었다. 앞으로 가는 시간은 도저히 따라잡을 수가 없다. 잡힐 듯 잡히지 않는, 시간의 블랙홀 속으로 나는 빨려간다. 종점은 아득한 신기루마냥 잡히지 않는다. 자의라는 건 생각의 동위원소同位元素다. 토막 난 생각은 육신 안에서 맴돌며 떠돈다. 분절된 생각들은 이어지지 않고 제 맘대로다. 물질에 실린 물질은 언제까지 운동을 지속하게 될까. 인조의 괴물이 마구 달리자 뜨는 속도감은 전이되어 내 몸으로 들어온다. 쏜살같이 바람을 가르는 인조의 긴 뱀도 머잖아 산화되어 고철덩어리로 변하거나 용광로에 풍덩 빠질 것이다.

시력이 물체의 윤곽에 적응되면 세상의 귀퉁이들은

살짝살짝 보이고 퍼즐놀이 조각처럼 이어 맞춰진다. 물체의 형태에 다친 시력은 고정관념을 머릿속에 주입시켜 편견을 만든다. 시속이 높을수록 눈에 보이는 사물은 더 빨리 흩어지고 되모아진다. 도시의 그만그만한 구조물들 따위가 순식간에 흩어지고 나는 마른 수수깡으로 떠 있다.

생략이란 본질의 집중을 의미한다. 사물이 떠나가면 자질구레한 소품들이 치워진 텅 빈 연극무대를 나 혼자 앉아있는 듯하다.

이윽고 내 시야는 질펀한 평야와 하늘과, 가끔 마른 억새풀이 돋은 후미진 둔덕 아래 말라버린 냇가를 잡았다가 놓친다. 마른 내를 따라가다 보면 파닥거리는 물을 찾을 수 있을까. 물길은 뱀처럼 첩첩산중의 계곡을 향한다. 강은 더 멀리 있을 것이다.

앗, 터널! 금세 어둠은 나를 블랙홀 속으로 끌어당긴다. 험준한 산맥 밑으로 구멍이 뚫리고 길이 열려 산맥을 힘겹게 넘어가던 바람은 금방 낯선 다른 지방에 도달했다. 이제 산맥과 강은 더 이상 지방과 지역의 경계가 아니다. 텔레비전의 화면이 동질성을 주어

사투리를 버렸고 물류의 수송은 삶을 한나절로 묶었
다. 그런데 정치꾼들은 아직도 지방의 사투리와 땅의
경계를 들먹거린다.

　눈이 시리게 밝은 햇빛이 나를 끌어낸다. 어둠과
빛은 서로를 무서워하며 보완하는 우주의 근원이다.
사물의 존재는 그것들의 질서 속에서 존재한다. 철
로를 따라 벼린 칼날 같은 알루미늄 담장이 빛난다.
스쳐 지나가는 마을들도 속도의 어지러움은 무서워
하나보다.

　다시 터널로 치달리는 속도는 영화필름을 끊어놓은
것 같다. 겨울의 논바닥은 흙이 잠들어선지 갈색 톤이
다. 경지정리는 곡선을 직선으로 만들어버렸다. 논둑
들이 그어놓은 반듯한 경계. 경계선은 나와 너를 구분
한다. 그러나 인위의 선은 영원하지 않을 것이다.

　어렸을 적, 남자아이들은 마당에다 사금파리로 금
을 그었다. 금을 긋고 땅따먹기 놀이에 정신이 팔리
면 필사적이었다. 아이들은 어른들의 흉내를 내어 정
복전쟁의 도상연습을 했던 것이다. 넓은 영토는 승부
에 의하여 이긴 자의 몫이었다. 광개토대왕과 나폴레

웅은 아이들에게 영웅이었다. 그러나 소유의 욕망은 잠시 영역을 맡을 뿐이다. 욕망의 확장은, 경계로 인하여 생겼고 허물어진 경계 때문에 다시 생긴다.

차령산맥을 어슷하게 비켜난 산들은 묵직하게 솟아 뻗어있다. 같은 키의 앙상한 나무들이 땅거죽을 따라 능선을 이룬다. 실가지들이 엉킨 연보랏빛 산세는 완만하다. 산 빛은 계절에 따라 다르다. 자잘한 수많은 생명들은 서로 연결되어 있다. 그래서 흙과 나무와 기온을 머금어 뱉어낸 생태의 빛깔로 산은 날마다 변한다.

산과 강은 저리 정겨운 풍경을 저마다 보여주는데, 산천초목에 기생하고 있는 인간들은 쓸데없는 의미를 부여했다. 왕건은 도선의 말을 듣고, 943년(태조 26년) 『훈요십조』를 유언으로 남겼다. 차령 이남 금강 이외의 산형 지세는 배역背逆하니 그 지방인을 등용하지 마라. 여덟 번째의 말 같지 않는 말은, 오랫동안 좁은 반도의 나라에서 은연중에 회자되고 시행되었다. 부모가 정착한 삶의 근거지에 의해, 아직도 그 자식은 왕따가 될 수 있다.

묵직한 원뿔의 중량 아래 놓여 있는 다랑이 밭과 완만하게 굽은 들판. 지도의 등고선은 계단으로 된 밭둑이 손가락의 지문처럼 확대되어 있을 뿐이다. 인공위성의 카메라 앵글이 잡은 GPS에서는 점과 선으로 기억한다. 자연의 조건을 부호로 인식하는 인간의 발전은 어디까지 갈 것인가. 난반사된 빛에 의하여 허연 몰골로 서있는 아파트들. 땅거죽을 잠시 빌린 점령자들의 등기부 등본은 영원하지 않을 것이다.

고압선을 잇는 철탑들은 산은 넘고 물을 건너서 어디로 가나. 문명을 이어주는 가느다란 탯줄은 너무나 위태롭다. 지표를 떠도는 유목민들은 전선을 통하여 서로 삶의 정보를 연결한다. 터널 또 짧은 터널. 어둠과 인위의 불빛들이 휙휙 지나간다. 열차 안은 긴 뱀의 뱃속이다. 깜깜한 뱃속으로 들어간 승객들은 빠른 속도에 취하여 텔레비전 화면에 중독되어 있거나 눈을 감는다.

야산이 뭉개져 파헤쳐진 비탈은 지층의 골수를 흘리고 있다. 먼 훗날, 충적세 이전 고생대로부터 버물어진 온갖 지질의 단층구조 속에 그 상처마저 지층으로 편입될 것이다. 불도저가 밀어버린 토사물 한쪽으로 몰려 있는 검푸른 소나무들은 제자리를 얼마나 버틸지 모르겠다. 나무들도 무리지어 살면 서로 위안을 받으며 고통을 나눌 것이다. 뽑혀지고 잘려진 나무토막들은 어디로 팔려갔을까. 도심지 고층 빌딩들 앞에 발가벗고 애처롭게 서 있는 성깃한 조선소나무들. 나무들의 목숨이 인간에게 달렸구나.

강물 위의 긴 다리를 지날 때 열차는 몸을 사리며 속도를 줄인다.

목이 멘 이별가

— 잠시 후 열차는 서대전역에 도착하겠습니다. 내리실 손님은 두고 온 물건이 없도록…….

여성의 멘트와 화면은 동시 디지털이다. 플랫폼을 떠나는 열차는 궤도를 따라 다시 노동을 시작한다. 언젠가 노동은 끝날 것이다. 속도가 만드는 진동과 육신이 함께할 때 미끄러져가는 내 몸.

철로 주변의 퇴락한 집들은 담장 밖에서 늘 똑같은 소음을 듣는다. 아직 재개발이 안 된 낡은 슬레이트

집들과 연립주택들 사이 길로 승용차가 지나간다. 집들은 작지만 사람이 살고 있으니, 자동차는 그 틈바구니를 거슬러가고 있다. 문명은 문명을 잡아먹거늘 도저함의 끝은 어딘가. 육교나 지하도가 없으면 그들에게는 길고 긴 두 줄기 강을 건널 수 없다. 오래되었을 검푸른 가시향나무들이 듬성듬성 엎드려 있다.

햇빛은 열차의 진행방향에 따라 경이롭다. 시간이 갈수록 반대편으로 빛이 들이치면서 주변의 풍경을 낯설게 한다.

호남으로 향하는 열차의 발걸음은 더디다. 시야를 스치는 모든 것들이 편안하다. 시속 300킬로미터이던 것이 속도가 갑자기 줄어서 100킬로미터도 채 안 되기 때문이다. 이제 열차는 아니, 내 몸은 곡선과 곡선으로 갸우뚱하는 착각을 일으킨다. 거의 직선으로 달려왔던 철도는 회전반경이 급한 옛날철도로 접어들었다. 회전반경이 급한 선로를 지나면서 속도가 꺾인다. 속도는 길의 쓰임새에 따라 비례한다. 구부러진 철로는 급한 회전반경으로 긴 몸뚱이의 빠른 속도를 받아들이지 못한다. 고속열차의 바퀴는 곡선구간에서 철로와 마찰하여 소리를 지른다. 쇠붙이와 쇠붙이끼리 부딪치는 소리가 크다. 부딪치는 쇠붙이들은 서로 악을 쓴다.

몸과 철길이 서로 반역하면 속도는 더욱 줄어들 것이다. 그렇다, 반역은 다 억울함과 이기심에서 비롯되며 또 다른 세포분열을 만든다. 그 결과에서 인간은 후회와 분노와 배신을 확인할 뿐이다.

이제 터널은 띄엄띄엄 나타난다. 그럴 것이다. 빙하기 이후 반도 서쪽의 지형은 융기하다가 멈췄을 것이다. 산야는 완만하고 평야 또한 넓어진다. 산턱에 옹성옹성 모여 앉아있는 봉분들. 묘지들의 후손들은 대부분 도시에 살고 있다. 육탈된 뼈들이 누워있는 흙지붕은 싸늘하게 내리치는 삭풍을 맞는다.

겨우내 흙은 잠들어 있는가. 차가운 바람이 지표면을 스쳐도 흙은 울지 않는다. 흙의 휴식은 새로운 봄을 기다리며 미세한 숨소리를 참고 있을 뿐이다. 조금 지나서 과수원이 눈에 들어온다. 앙상한 나무들은 줄지어 서서 바람을 맞는다. 지난해의 결실들을 인간에게 다 주어버리고 나서도 나목들은 다시 꽃피는 그 날을 기다린다.

남쪽을 향해 앉아있는 동네의 색깔은 공존한다. 파랗고 빨갛고 검은 기와지붕들이 섞여있다. 그것들의 비교는 단순히 원색이다. 저 동네에 맨 처음 지은 집의 주춧돌은 언제 놓였을까?

정착민들은 오래전부터 하늘, 혹은 다른 곳으로 흘러갔고 또 떠날 것이다. 집의 임자들이 잠시 살다가 떠나거나 죽으면 들어오는 사람은 없다. 마을길을 중심으로 오래된 집들은 흔적으로만 남는다. 이제 시골 마을은 퇴락하고 비어가는 중이다. 사람의 숨소리가 들리지 않는 구조물은 세월이 지나면 지층으로 편입될 것이다.

구불구불한 도로를 승용차가 달리고 있다. 낙타의 발바닥이 모래평원을 밟는 대신 고무타이어가 아스팔트에 닳아간다. 지표상에서 얼으러 다니는 삶은 목숨이 다할 때까지 몸의 희생을 요구한다. 가고 오는 목적지를 아무리 쉼 없이 달려가도 유목민의 후예들에게 기다리고 있는 것은 결국 죽음뿐이다.

농경지 사이에 전신주가 서 있고 까치 한 마리가 거

뭇하게 앉아 있다. 저 텃새의 짝은 어디에 있을까. 언뜻 보면 전선은 보이지 않고 허공에 가만히 있는 것 같다. 무술영화를 촬영할 때 배우들이 가는 끈을 몸에 묶어서 허공에 날아다니는 연기를 하면 저럴까. 액션장면은 관객의 눈을 속이고 관객도 순식간에 인생을 속는다. 카메라 앵글이나 사람의 눈에도 한계는 있기 마련이다.

한여름 산자락을 뒤덮었을 칡넝쿨들은, 이제 녹슨 철사처럼 늘어져 있다. 얽혀져 녹슨 악마의 발톱은 숨을 죽이고 있다가 봄이 되어 흙의 미립자가 꿈틀거릴 때, 다시 근육에 힘을 주게 될 것이다.

멀리 산들이 이어진 줄기가 닭의 볏 같다고 하여 붙여진 이름, 계룡산. 굵은 줄기들이 매듭을 지어 뻗은 신령한 산맥은 살아있다. 짙은 실루엣은 거친 광야를 발굽으로 흙먼지 날리며 겹겹이 휘돌아나가는 군마 떼와 다를쏜가. 세상사의 슬픔에 못 이겨 어느 산자락 밑으로 기어들어가 숨은 가족의 기원은 한줄기 가문을 이루었으리라.

그러나 고려 500년이 지났고 한양 600년도 지났지만, 새 세상의 천도는 이루어지지 않았으며 아직

미륵부처도 후천개벽 또한 오지 않았다.

학교 길모퉁이에 주차된 승용차 몇 대. 어쩐지 모양새가 어색하다. 아이들로 바글거렸을 교정은 텅 비어있다. 겨울방학이 끝나면 아이들은 다시 모여들어 조잘거리면서 묵었던 이야기들을 토해놓을 것이다. 학교를 가지 못했던 시대에도 인간들의 인성은 착했다. 그러나 지금, 학교는 숫자와 수효, 점수에 따라 인간을 흥망성쇠로 직결한다. 인간의 등급은 시대에 따라 바뀐다. 학연과 지연과 혈연이 혼재한 실상들.

마을과 뒤섞여있는 조립식 건물들은 공장이 분명하다. 공장과 노동은 삶의 벌이를 만들어준다. 만들고 부수고, 때로는 잃어버린 것들을 줍고 팔아서 되풀이하여 얻어진 소득이 밥이다. 끼니는 거르지 못하는 슬픔이며 밥은 진화되지 못했다.

아, 황산벌. 장수 계백과 백제 군사들의 울분이 서린 땅은 여전히 지평선을 유지한다. 나당연합군 20만 명에게 결사대 5천명은 처음부터 전투가 아닌 죽음으로 수컷들의 광기는 땅과 하늘을 찔렀을 것이다. 아무리 명민한 지략도 임금과 시류가 동조하지 않으면 무위로 그칠 수 있다. 그러니 장수는 승리와 패배조차도 인간의 역사 속에서 명멸한다. '울지 마라. 너희는 내 피붙이이며 나도 너희들 뒤로 따라갈 것이다.' 그렇게 말했을지도 모른다. 아내와 아이들을 칼로 벤 사내의 지독한 가슴은 끝내 동물적 죽음으로부터 인간의 수치심을 지키려 했을까.

바람에 이는 누런 흙먼지 속에서 검은 실루엣은 내게 말한다. 치욕의 순간을 넘어서자면 다시 정중동靜中動으로 일어서야 한다고. 승리도 패배조차도 역사의 시간 속으로 스러지는 것이니 자만하거나 비통해하지 마라. 다만, 인간은 존재의 순간에 삶을 간직한다. 세상과 불화했던 이들이여, 울지 마라. 인간의 삶은 늘 그러했노라고.

눈에 보이지 않았던 시간은 시속 얼마나 되었을까. 아물아물한 지평선이다. 끝이 보이지 않는 들판과 하늘은 맞닿아서 겨울의 지평선은 그저 막막하다. 대지의 끝을 향하여 가다보면 바다로 연해 있으리라.

개펄은 완충지대이다. 리아스식 해안은 간척지의 둑

을 경계로 다시 분할이 되었다. 서해의 개펄은 퇴적물과 섞이어 농토를 만들었으며 곡식은 개펄의 죽음을 먹고 자랐다. 곡식은 개펄을 먹고 자라며 사람은 곡식을 먹고 생명을 유지한다. 곡식을 만드는 터, 김제평야는 이 나라에서 가장 넓은 곡창지대다. 그러나 가끔씩 곡창은 흉년이 들었고 가렴주구에 시달린 백성들은 굶주린 배를 움켜잡았으리라.

하늘이 생기고 나서 원래 땅의 임자는 없었다. 양치식물 대신 공룡이 살았던 곳에 호모사피엔스가 살아왔던 것이다. 인류가 얼마동안 땅의 거죽을 점거하고 있을지는 그들 아무도 모른다. 먹이사슬의 꼭짓점에 있는 사람 족속들은 전쟁에도 불구하고 아직 살아있다. 서로 죽이고 죽여도 개체의 수는 계속 늘어만 갔다. 인지가 켜켜이 쌓이고 유전형질로 전이된 후손들은 그들 스스로를 인간이라고 부르기를 주저하지 않았다. 그들은 지표상에 함께 기생하는 만물을 지배한다는 착각에 빠지기 시작했다. 계속 개체수가 늘어난 집단을 이끌어가는 우두머리와 우두머리에 기생하는 떼거리가 생겼다. 그리고 지배와 피지배의 역학관계가 생겼다. 왕과 토호들은 백성 위에 군림했으며 백성들이 굶어도 그들의 호의호식은 별개의 일이었다. 왕조의 흥망성쇠는 민심과 비례한다.

왕조가 여러 차례 바뀌었어도 백성들은 살아 있다. 조선은 여러 차례 외세의 침략으로 백성들의 삶이 궁핍하고 피폐해졌다. 굶주림이 극에 달하면 인간도 동물의 본성으로 돌아간다. 갑오년, 한양에서 내려온 진압부대는 총으로 무장한 외국군까지 섞인 연합군이었던 모양이다. 애당초 농기구와 관군의 병장기의 싸움은 결말을 예견했다. 의분과 감정의 폭발만으로는 전쟁은 이길 수 없다. 전투는 냉엄한 과학이다. 죽이고 죽는 싸움은 필사적이며 현실이다. 우금치에서 진로도 퇴로도 막혀버린 농사꾼들은 다시 한을 머금었다. 하늘에 대고 아무리 소리를 질러도 세상은 바뀌지 않았다.

관군들에게 붙잡혀 상투를 늘어뜨리고 끌려가는 작은 체구의 사내. 죽어서 파랑새가 되었을 사내는 눈물도 흘리지 않았을 것이다. 그이의 가슴에는 많은 원혼들의 켜켜이 맺힌 한이 자리를 잡고 있었을지도 모른다. 서러움이 응어리져 말라버리면 눈물샘조차 막힐까. 사람들이 바뀌고 통치자가 바뀌어도 밑바탕 인간들의 삶은 여전히 신산辛酸하다. 치욕이란 자연의 먹이사슬이 아닌, 동족에게 당하는 배반에서 오는 게 더 크다. 먹이사슬이 정점에 이르러 인간들의 동물적 먹이사냥은 동족에게서 찾을 수밖에 없나보다.

농사꾼의 후손들은 여전히 가난하다. 그렇지만 맬서스의 인구론은 아직 유효하다. '기아飢餓는 자연이 지닌 가공할 수단이다. 인류의 번식력이 땅의 부양 한도를 훨씬 초월하므로 인류는 어떤 형태로든 때 이른 죽음을 맞아야 한다. 인류에 내재하는 악은 인구 조절의 훌륭한 대리인이다. 대규모의 기아가 필연적으로 등장해서 인구를 식량 생산량에 맞게 단칼에 조절해준다.'

덜 연소된 수증기의 부연 막이 사물의 경계를 흐릿하게 연출한다. 이차선 길가에 서 있는 외딴 주유소가 을씨년스럽다. 차량들은 저곳에서 몸뚱이의 먹이를 채운다. 길을 따라가는 몸이 뒤뚱거릴 때마다 햇빛은 좌우에서 협공한다.

전라도 길

웅혼한 노령의 줄기여. 갈재를 굽이굽이 내려오던 오랜 유배의 땅, 발가락이 떨어져나간 천형의 시인이 울고 간 황톳길이여!

아, 탱자나무 울타리. 촘촘한 경계선으로 철로와 인접한 것들을 막아선 탱자가시의 증오. 자기 자신을 보호하기 위한 식물은 가을이면 노랗게 익은 열매를 가시넝쿨 속에 숨기고 있었다. 배고픈 어린아이들은 시디신 열매의 즙을 입으로 빨고 삼켰다. 뾰족한 탱자나무 가시의 증오와 질시의 아픔도 속도는 휘휘 지났다.

비닐하우스가 은박지처럼 반짝이는 마을을 지나서 작은 역을 통과한다. 경사진 지붕을 이고 있는 역사는 퇴락해있다. 근대화가 밀려올 무렵 서민들의 눈물과 웃음 어린 이야기를 작은 건물은 알고 있으리라. 때 묻은 간이역은 스르륵 쏜살처럼 기어가는 독사의 속도에 숨소리를 죽인다. 승객들의 모습이 보이지 않는 낡은 역사의 기와지붕에도 찬란한 햇빛은 떨어진다.

을씨년스런 들판 한가운데 서있는 정자에 노인들과 시객은 보이지 않는다. 이정표도 보이지 않는다. 나 그네가 한여름 소나기를 피하여 잠시 앉았다면 아늑한 평안이 우우 몰려와서 머리를 식혔을까. 벼 포기가 싹둑 잘려나간 가을 이삭을 탐했던 새떼들은 모두 어디로 가 있을까? 어디를 둘러봐도 논바닥에는 참새 떼마저 보이지 않는다. 다만 흥건히 젖어있는 물빛의 수면을 햇살이 내려와 은박지를 깔아놓았다.

뾰족한 교회 탑 꼭대기의 십자가. 진리와 믿음은 앞으로 얼마나 더 오랫동안 창대할까? 인간의 옆구리를 찔러 새로운 유전자를 바이러스처럼 새겨준 역사 혹은, 신화.

이제 내 몸은 흔들리고 또 흔들린다. 오래된 길, 녹슨 철길을 맨 처음 달렸던 것처럼.

파르스름한 하늘에 떠다니는 흰 구름 몇 조각. 흘러다니는 저것들의 정처는 어딘가? 히말라야인가? 아니면, 남태평양인가? 아마존의 열대우림인가?

남으로, 남쪽으로 내려갈수록 대지 위로 푸른 기운이 돈다. 베어버린 벼 포기와 흙 사이에 돋아난 새싹

들은 인간과 무관하다. 저, 시도 때도 없이 자란 생명
들은 곧 농부가 운전하는 트랙터 삽날에 의하여 베이
고 뒤집어져 흙의 입자가 되리라.

빠른 속도에서는 내 눈알의 망막이 붙잡을 수 없는
사물들이 현존한다. 그러니 착시현상으로 얻어지는
정보를 죽을 때까지 진리라고 믿는 일은 얼마나 많을
것인가. 지식과 지혜를 혼동하는 어리석음은 도처에
널려있는데, 세상을 알면 병이고 모르면 약이다.

짙푸른 대나무 숲이다. 바람에 서걱거리는 뾰족한
이파리들은 줄기의 절개를 지킨다. 인가의 뒤꼍을 둘
러싼 푸른 지조들은 삭풍을 이기며 꿋꿋하게 살아있
는 자아自我다. 사시사철 바람을 벗 삼아 뿌리에서 뿌
리로 번식하는 곧은 의지도 하얀 꽃이 피면 죽는다.

집집마다 서있는 늙은 감나무들의 휘어진 가지. 내
어렸을 적에 주렁주렁 열렸을 홍시의 달디단 맛은 풍
성한 마음을 공유하게 하였다. 풋감마저 된장독에 삭
혀져 가난한 아이들의 창자를 채워주었으니, 구휼救恤
의 나무여!

기차역 한쪽에 쌓아놓은 콘크리트 침목더미. 똑같

은 규격으로 일정하게 누워 차디찬 쇳덩이를 보듬어 망가질 때까지 본분을 다했으리라. 천형이란 물질 모두에게 다 따라다니는 질곡인가. 질서정연하게 쌓여 있는 빨주노초파남보. 무지개의 색깔을 컨테이너박스에서 보았다. 담금질된 철판으로 만들어진 포장박스들의 똑같은 모양은 각각 색으로 구분이 되나보다.

송정리역 주변의 히말라야시다는 창창했다. 햇빛에 저항한 짙푸른 잎들이 머나먼 고향을 떠났어도 하늘을 찌르겠다는 기상을 내밀고 있다. 인간들은 또 다른 인간들을 억압하여 자신들만의 깃발을 드날린다. 아, 그때, 뜨거운 자유를 지켰던 혼들은, 지금도 황룡강 강변을 꺼이꺼이 울며 떠돌고 있을까.

우후죽순처럼 솟아오르는 고층아파트군. 사람이 그랬듯 집들도 모여 있어야만 제값을 받는다. 보금자리가 자본의 가치수단이 된 지 이미 오래다. 부동산의 임자들은 살아있을 때에만 주인행세를 한다.

기차역을 지나서 논바닥을 메우고 있는 건축폐기물들. 끝도 시작도 없이 만들고 허물어 다시 짓기를 되풀이하는 시시포스Sisyphos의 형벌이여. 인간의 시신들도 묻거나 태우지 않고 재활용해볼 요량은 없을까. 시간이 지나면 모든 것은, 우주의 폐기물로 모두 다 소멸하리라.

하얗게 드센 머리카락처럼 마른 억새풀꽃들이 저수지 가장자리에서 흔들거린다. 하얀 풀꽃들은 겨우내 삭풍에 시달리며 꽃 아닌 풀로 하잘 것 없이 생을 마감한다. 대보름날이면 아이들은 깡통에 구멍을 숭숭 뚫어 쥐불놀이를 했다. 논둑이며 둔덕이며 할 것 없이 싸돌아다니다가 억새더미를 만나면 횡재한 놀부마냥 입이 벌어졌다. 불씨가 만나는 불길은 금세 악마의 혀를 날름거리며 말라있는 죽음을 깡그리 태워버렸다. 불붙어 활활 타버리면 새까맣게 남은 흔적조차 다시 새싹에 묻힌다.

아이들은 자연과 더불어 세월을 견디었고, 자연을 느끼며 인간의 희로애락을 배웠다. 마을어른들은 고통의 시대에도 아이들로 인하여 막연한 희망에 부풀었다. 그때 그 아이들. 철없이 뛰놀던 아이들은 모두 어디로 가 있을까?

목포의 눈물

종착역에 내린 승객들은 짐들을 들고 종종걸음으로 개찰구를 나선다. 기암괴석들이 산을 이룬 해발 228미터의 유달산. 노령산맥은 바다에 이르러 멈추었다. 융기된 산봉우리는 다도해를 아우르는 수평선과 둔각을 이룬다. 해수면에서 곧바로 치솟는 산은 힘찬 기상을 지닌다. 노적봉과 일등바위가 빤히 올려다 보이는 목포역에서 시내버스에 오른다.

일제가 한반도에서 착취한 농산물들을 본국으로 보내는 개발된 항구도시였다. 적산가옥들의 주인은 바뀌었지만 식민지에 지었던 집들은 아직 즐비하게 남아있다. 일제는 수백 년 전의 그 치욕을 씻으려고 이 바닷가에 도시를 조성했을까. 뭉개진 삼학도는 보이지 않았고, 오래된 시가지는 개펄에 돋은 하당 신시가지로 뻗어나고 있었다.

버스터미널을 거쳐 반도의 끝 해남으로 가는 버스를 탔다. 버스 안에 탄 승객은 고작 다섯 명이다. 영산강 하구언 긴 둑길을 지나는 버스의 좌우는 바닷물과 민물로 구분된다. 배수갑문들의 위용은 인공의 허장

성세에 불과하다. 쓰나미가 꼬리에 꼬리를 물고 쳐들
어와도 버틸지는 아무도 모른다.

충무공은 저, 흐르는 강의 물결에 하얀 횟가루를 풀
어 쌀 씻는 뜨물처럼 적을 기만했다고 한다. 정말 그
랬을지도 모른다. 강물에 풀린 허연 물살은, 고하도
에서 울돌목의 급류를 타고 만호바다로 흘렀거나 멀
리는 서해로 번져나갔을 것이다. 가난하고 무기력했
던 나라의 장수는 씁쓸한 계략에 얼마나 비애를 느꼈
을꼬. 그때나 지금이나 바다는 아무 말이 없다.

2번국도의 모양이 바뀌었다. 흙먼지를 풀풀 날리던
버스의 낭만은 이제 확장된 포장도로 위를 빠른 시속
으로 달린다. 한나절이 반나절이 되고 반나절이 한 시
간으로 줄어들었다. 그리고 여기저기 고속도로공사가
진행되고 있다. 인간은 이 좁은 지구의 표면을 미처 다
훑어보지도 못하고 길에서 길로 달리다가 죽는다.

마을 닷새장터에는 여전히 모여든 마을 사람들로
반짝 붐빈다. 설 가까이 열린 장날이면 더욱 그렇다.
장꾼들은 여느 날보다 일찍이 거울에 모습을 비추며
매무새를 고쳤을 것이다. 인간의 인간에 대한 예의는

알몸에 짐승의 가죽을 걸치면서 생겼으리라. 가급적 번듯한 옷차림으로 낯익은 얼굴들이 모인 장터는 활력을 찾는다. 먹을거리와 입을거리를 마련하려고 푸성귀와 생선을 지닌 아낙네들은 획득한 돈으로 다시 필요한 물건으로 바꾼다.

대저 사람 사는 일은 크게 다르지 않다. 먹고 자는 집과 입을 옷을 사는데 우리의 일생은 소모되지 아니하던가. 주어진 한세상을 사는 것은 개미나 꿀벌과 다르지 않으며 다른 생물들의 습성과도 닮아 있다. 인간들의 욕망도 크게 본질을 벗어나지 않는다. 생물들의 생존은 거친 지표면 어디에도 존재한다. 그리하여 생존은 늘 또 다른 생존의 강인함을 부른다.

시골다방에는 빈자리가 많다. 통통하고 작달막한 여인이 커피를 내온다. 뜨끈한 액체가 위장으로 스며들면 육신은 잠시 평온하다. 벽에 걸려 있는 우중충한 동양화의 액자들과 자개꽃병에 꽂힌 조화들이 성모마리아상 옆에 있었다. 부조화가 일상이 되어버린 21세기 초의 현주소.

땅의 모서리

해발 489미터 달마산達摩山.

지각변동으로 꿈틀대던 땅의 기운은 마침내 산으로 솟는다. 기운이 마지막에 이르러 솟는 꼭짓점은 평원으로 퍼지다가 바다로 흩어져 숨는다. 바다 속에 모아진 기운은 깊고 짠물을 끌어안는다. 햇덩이는 바닷물 깊숙이 숨어버린 대륙붕의 기운과 잔해를 주시한다. 그래서 부글부글 끓어오르는 분노를 물결에 쏘인다. 분노가 터져 장엄하게 산산이 흩어진 붉고 황홀한 빛.

한반도 최남단에서 대지의 혈맥은 바다로 빠져버린 것만은 아니다. 더 깊은 자맥질로 숨을 들이쉬고 내쉬면 한라산이었다가 이내 자지러져, 태평양 어느 섬 한가운데서 고래처럼 호흡을 내뱉을 것이다. 바람 잔잔한 바다는 모래폭풍이 잠든 사막과 같다. 섬들은 평지에 잘못 돋아 오른 바위처럼 군데군데 솟아있다. 햇빛의 힘을 잃어버린 희뿌연 하늘은 축 처진 장막처럼 사물의 뒤에 숨어 실루엣을 만든다.

바닷가에 매어놓은 작은 배들. 이들의 임자들은 궂

은 날씨를 핑계로 낮잠을 자거나 소주병이라도 기울이는 걸까. 사냥을 못한 날은 원시인들도 어두운 굴 속에서 몸을 추슬렀을 것이다. 추운 날씨에는 사람도 배도 묶여있다.

개펄에 밀려난 해안의 모래톱에는 거풀거리는 비닐 쓰레기와 스티로폼 같은 문명에 대한 반작용의 물증들이 무질서하게 쌓여있다. 인간들이 내다버린 폐기물은 다시 부메랑이 되어 그들을 쓰레기로 만든다. 뿌린 만큼 거둔다는 성인의 말씀이 아직껏 유효한 건 실제상황이 존재하고 있는 결과다.

방파제를 콘크리트 둑으로 만들어놓으면 물결은 파장의 방향을 바꾼다. 모래알 대신 부서진 돌들과 개펄이 뒤섞이어 백사장은 지저분하게 오염되어 있다. 파도가 밀려오면 이쪽 대륙의 부유물은 저쪽 대륙의 연안으로 갈 터이지. 대양의 연안은 주고받는 데 익숙하다. 바다는 중간에서 갈앉지 못하고 떠밀려갈 수밖에 없다.

서걱거리는 시누댓잎들이 푸른 숨을 내쉰다. 뿌리와 뾰족한 잎사귀는 꼿꼿한 등뼈에서 나왔거니와 생김새와 쓰임새도 제각각이다. 뿌리가 죽으면 몸은 시들어지는 것이니 등뼈인들 성할 리 있겠는가. 등뼈는 두 쪽으로 빠개져 방패연의 골격이 되어 하늘을 날았다.

검은 구름이 재빨리 동쪽 하늘로 달아난다. 바다에서 불어오는 세찬 바람은 땅 위에 돋아있는 사물들을 발로 걷어차며 어디론가 가고 있다. 바람의 꼬리는 보이지 않았다. 바람은 쉽사리 정체를 드러내지 않는다. 끝도 시작도 없고 정처도 없는 방랑자다. 내 눈에는 보이지 않으나 살아있는 투명한 생명체이다.

억새가 하얗게 핀 둔덕을 지나 묵은 밭고랑을 건넌다. 마늘이 심어진 푸른 밭을 지나면 누런 잔디에 덮인 무덤들이 여기저기 흩어져 있다. 소슬한 저 안식처의 주인들은 누군가? 조개껍질과 바닷모래가 섞인 흙 속에서 뼈는 다시 흙으로 산화된다. 시간의 재촉 때문에 산화작용은 계속된다.

무슨 울음으로 저 흙을 위로하겠는가. 위로는 자기 자신의 확인연습일 뿐이다. 그러지 않고서야 누구를 위해 누가 울겠는가. 풍화된 현상들은 시간 속으로 스러진다. 모든 영욕은 일장춘몽一場春夢이다. 무덤에 묻힌 인간의 후손이 확인할 수 있는 것이라고는 자기 자신의 숨소리일 것이다. 조상이 남긴 씨앗은 또 다른 시대를 버티며 살아왔다. 그렇지만 유전인자의 형질이 다음 유전자와 내통한 법칙이라고 영원할 수는 없다. 이 막연한 허무함을 삼켜보려고 별 짓거리를 다해본들, 숙명이 가만두지 않을 거니까. 슬픔의 의미를 삭이며 간과하여 건너뛰려 한다고 우리의 얄팍한 심성을 눈 하나 까딱하겠는가. 손바닥으로 하늘을 가린다고 하늘이 사라지겠는가.

바닷가에서 삭풍을 맞으며 마을로 걸어오는 동안 햇살은 서쪽으로 기울었다. 그런 것이다. 나 어릴 적에도 그랬고, 나 죽은 다음에도 이 시간 햇빛의 반사각도는 그대로일 것이다.

농촌 빈집에 널브러진 농기계의 잔해들. 쇠붙이들의 뼈와 살은 시뻘건 녹이 슬어있었다. 녹 바이러스는 용광로에서 갓 건져낸 검푸른 쇳덩이에 스머들어 산화의 숙명을 지닌다. 걷잡을 수 없이 썩는 물질이 비단 이것뿐이랴. 흙은 여전히 살아있다. 잠든 듯 잠들지 않고 어떠한 고체나 액체도 돼지의 위액처럼 형체를 주물러버린다.

쇠토막 사이에 마른풀대궁이 나풀거린다. 바람은 대지와 마찰하여 그들을 춤추게 한다. 춤추는 일은 즐거움과 괴로움을 이기지 못하는 또 다른 슬픔의 표현이다. 아, 살아있음을 움직임으로 확인시켜주는 진동震動이여!

퇴락한 빈집. 초가를 벗겨내어 슬레이트지붕을 덮고 다시 시멘트기와를 씌운 처마. 방문은 뚫리고 기둥은 힘없이 버티며 기우뚱하다. 마늘밭이 되어버린 마당에는 힘없는 햇빛이 떨어진다. 인적이 끊긴 대들보의 섬유질은 벌레들이 숭숭 쪼아놓은 흔적조차 아련하다. 쇠못 자국은 갈색 녹물이 흘러 풍화작용에 걸려들었다. 어디에도 집임자의 인기척은 느껴지지 않는다. 하긴, 원래 땅위의 영원한 임자는 사방을 둘러보아도 없을 것이다. 나무꼭대기에 간당간당 매달린 까치집보다 더 위태로운 사람의 집.

늙은이들이 사라지고 젊은이들은 도망가버린 동네 어귀에는 빼빼마른 허연 개 한 마리가 멀건 눈빛으로 낯선 나그네를 쳐다본다. 또 다른 이승에서 동족으로 만났던 건 아닐까. 저 네발 달린 생물은 어디에서 먹이를 구하는 걸까.

섣달 중순 해의 꼬리는 짧다. 석양이 떠 있을 겨를도 없이 땅거미가 뒤따른다. 어둠은 점령군의 선두 깃발처럼 긴장한다. 칭기즈칸의 말발굽들이 일으키는 먼지마냥 금세 몰려오고 있다. 지상의 주인들은 해와 달처럼 언제나 뒤바뀐다. 자연의 주인은 한낱 미물이라 하더라도 제각각 스스로이다. 바꾸고 바뀐들, 시간이 누적되어 진화된 사물의 유전성을 다 빼앗지는 못한다. 지표에 주둔한 사령부들은 언제이고 철수의 명령을 받으며 다시 깃발을 세울 것이다. 나약한 인간들이 서로의 이해를 최대공약수로 만들었던 사령부는 언제나 해체될 운명을 함께 지닌다. 인간은 무모한 짓을 일삼았던 역사를 스스로 위대했다고 적는다. 구겨진 깃발을 땅에 꽂는다고 아무나 주인이 되는 것은 아니다. 종래에는 깃발도 바람에 찢기고 만다. 목숨을 바쳐 빼앗은 땅마저 물에 씻긴다.

어두워서도 삭풍은 세차게 불어온다. 바람은 해와 달과 별빛을 아랑곳하지 않는다.

별이 빛나는 밤

해는 저물고 캄캄한 밤하늘이 나를 덮는다. 어둠이 내리면 피곤에 겨운 지상의 모든 것들은 눈을 감는다. 캄캄한 어둠은 장막이 되어 사물들의 부끄러움을 혹은, 아픔을 잠시 덮어준다. 빛에 시린 눈의 피곤함 때문에 솟구쳤던 모든 사물에 대한 욕망을, 잠시라도 다독여 어두운 장막으로 가려 침잠하게 한다.

지상은 현실이고 하늘은 꿈이다. 삶이 가파르고 고달플수록 꿈은 허허로운 자의 마음을 유혹한다. 꿈이 없다면 삶은 더욱 괴로울 것이다.

살아있다는 건 얼마나 불확실한가?

불안한 삶은, 늘 죽음의 그림자를 달고 다닌다. 한 줌의 재가 되어버릴 곤고한 동물적 육신은, 절망의 한계에 이르러서도 비루하게 시간을 구걸할지 모른다.

내 눈은 끝없이 퍼져나간 하늘을 좇는다. 눈높이 각도에 따라 지상과 천상은 순식간에 어마어마하게 벌어진다. 반짝이는 별들은 태곳적 그대로일 것인데, 온통 가득 차 있는 별들은 서로를 모른다. 가끔 별똥별이 스친다. 영원할 것 같은 별들도 살다가 이내 죽는구나. 북두칠성 가로선상에 떠있는 북극성. 별들은 금방이라도 우수수 떨어질 것처럼 반짝거린다. 별들이 흔들린다. 아니다, 구름이 지나간 것을 잘못 보았나보다.

내 눈의 환각인가. 가시거리에 편입되지 않은, 은하계에서 일어난 우주의 혼돈이 아니더라도 나는 나를 혼동하고 있을지 모른다. 초속 30만 킬로의 속도로 우주공간을 달려온 불빛이 몇 백만 광년 전에 발신되었다면, 나는 이미 과거의 빛을 본 것이다. 도달할 수 없는 숙명을 슬픔으로 가누기는 어렵다.

허블망원경의 눈에도 보이지 않은 은하수 안에 잠긴 무수한 별들을 나는 알 길이 없다. 우주는 무한하다. 팽창하다가 소멸될 우주는 우주대로, 나는 나대로 제각각 태어나서 도대체 어디로 떠나가는가. 빛은 어디로부터 시작되었을까?

에너지는 먹이사슬을 통하여 삼라만상으로 연결되어있다. 우주 안에서 에너지는 칼로리만큼 개체와 개체 사이를 오가며 생성과 소멸을 주도한다.

  작은 식당에 들어선 이방인은 허기진 뱃속을 달랜

다. 나 어렸을 적, 추운 계절에 낚시로 건져 올렸던 그 납작한 생선은 쫀득한 육질을 입맛 나게 해주었다. 혓바닥에도 간재미 맛의 기억은 입력되어 있는 모양이다. 눈과 코와 혀가 익혔던 기억 또한, 낡은 사진에서나 볼 수 있는 추억을 준다. 막걸리는 간장세포의 활동에 의하여 오줌통을 가득 채웠고 나는 진저리치며 오줌줄기를 털었다.

콧속이 뻑뻑하고 목이 따끔거린다. 이내 콧물까지 흐르며 몸을 조여오기 시작한다. 독감은 어디서부터 나를 따라 붙었을까. 기침이 돋은 울대는 근질근질한 자극을 참지 못하여 심한 통증을 유발했다. 감기바이러스는 점점 몸에 퍼졌던 모양이다. 신열과 시간의 어지러운 싸움이라니. 우울한 바이러스에 걸리면 몸은 그냥 녹아떨어진다.

영혼이 통제할 수 없는 몸 덩어리다보니 동질 속에 이질적인 것이 존재한다. 몸은 언제나 그렇다. 약을 먹으면 잠시 피했다가 다시 나타나는 그 게릴라 같은 병원균은 끈질기고 독하다. 독감이라는 놈은 아직 몸에 머물러있다.

제 몸 하나 단속하지 못한, 이 세포조직체가 어찌하여 다른 몸들을 증오하고 물어뜯는가 말이다. 그것이야말로 적반하장賊反荷杖이 아닌가.

새로운 것은 없었다. 뒤늦게 세상이 경이롭게 느껴지는 건, 내가 살아남기 위해 지표상에 적응했다는 일이다. 생물의 현존재에 다름 아닌 나. 감기바이러스가 무기력한 몸을 침투해도 나는 나를 떨치지 못한다. 이 작은 몸뚱이도 하나의 우주일 터인데, 바이러스들 또한 지구의 틈새에 다닥다닥 붙어 기생하는 생물과 무어 다르랴.

알렉산더 왕을 죽인 건 백만 대군이 아니라 열병바이러스였다. 거대한 제국이 멸망되는 단초는 한낱 감기바이러스가 제공했다. 연개소문과 진시황조차도 병원균에 의하여 죽었다. 눈에 보이지도 않는 바이러스의 위대한 힘이여.

지리산의 가을을 스치며

동쪽에서 돋은 빛은 차츰차츰 어둠을 몰아내었다. 밤새 잠들었던 산의 자태는 부분적으로 금세 드러나기 시작했다. 짙은 안개는 저 밑 첩첩한 산골짜기와 자락에서부터 휘돌았다가 피어올랐다. 정체를 알 수 없는 게릴라들은 산자락을 휘감았다가 햇볕에 쫓겨 어느새 다시 숲으로 숨어들었다. 금방이라도 안개 속에서 알 수 없는 환영들이 튀어나와 버스 앞을 가로막을 것만 같았다.

해발 1,732미터의 노고단에서 반야봉을 거쳐 해발 1,915미터인 천왕봉까지 47킬로미터의 능선이 동쪽으로 기어가고 있었다. 겁을 잔뜩 집어먹고 좌우로 휘돌며 웅혼한 준령을 통과하려는 버스가 둔중한 기어를 집어넣으면서 엔진에 힘을 주었다.

먼발치에서 봉우리의 삭박(削剝)된 기암괴석들은 보이지 않았다. 가문비, 구상나무와 소나무가 섞인 울울창창한 수목들만 완만한 산세와 흐름을 함께했다. 산은 어머니의 품처럼 편한 모습으로 하늘을 향하여 땅을 보듬고 있었다. 그리고 산맥의 정형을 굵게 지녔으면서도 수많은 계곡과 능선을 편안하게 어루만지고 있었다.

얼마나 아늑하기에 쫓기고 쫓겨 더 이상 갈데없는 반항아들은 마지막 숨을 이곳에서 내뱉었을까. 피와 오욕이 점철된 인간들이 숨을 거둘 적에 겹겹하고 후미진 골짜기들도 숨을 죽였을까. 영혼들은 깊은 골짜기를 떠돌며 삭아버린 시간을 원통해할까. 근대의 축적이 없는 약소민족에게 역사는 가혹했다. 자본론의 이상은 현실이 아니었다. 개 목숨이 된 젊은이들은 쓰러진 그 자리에서 흙이 되었으리라.

넉넉한 품은 듬직하여 산이라 함부로 말하기에도 겨웠다. 너무 높은 지대라서인지 단풍철인데도 울긋불긋한 단풍의 군락은 보이지 않았다. 산 끝으로 오를수록 금방 잡힐 것 같은 하늘은 이내 다시 손짓하고 있었다. 안타까움은 내 욕심에서 떠나지 못했다. 하늘과 능선은 오를수록 더 멀리 떨어져 있었다. 그래서 산은 산이고, 물은 물인가. 마음속으로는 바다와 산이 지척 간에 있음인데 운해의 바다만 떠 있다. 계곡에서 흐르는 물줄기의 발원은 빗방울과 이슬이다. 물은 이 골짜기 저 골짜기에서 모이고 모여들어 상류에서 하류로 내려오는 동안 깊고 넓어진다.

사람이 사는 마을들도 무릇 그와 같다. 첩첩 산봉우리 아래 띄엄띄엄 집이 보이다가 산자락과 개활지로 내려가면서 마을은 도시로 집중화된다. 서로를 의지하려는 사회적 동물들은 애증이 교차한다. 진즉 구례 땅의 평지와 아스라한 산자락을 버리고 지리산 서쪽 모서리로 온 지가 한참인데도, 버스는 뱀의 꼬리마냥 구불구불 따라 올라간 도로를 움켜잡았다.

높아가는 시푸른 하늘과 흰 구름 조각들. 소리를 지르며 한없이 흘러가는 물줄기.

빛나는 가을의 빛살도 점점 사위어가다가 밍밍해질 것이다. 그 청초한 여름날의 열정은, 누렇게 바래어 떨어질 이파리로 땅 위에 굴러 흙이 되겠지. 생존의 유효기간이 만료될 때까지 스스로를 다독거리는 인간들의 안쓰러움이여!

그럼에도 사람들은 풍요함을 강조하고, 결실이니 천고마비니 한다. 어쩌면 그 결실 뒤에 다가올 쓸쓸한 종말의 어슬어슬한 그림자를 내치기 위하여 그 따위 헛웃음을 흘리는 것은 아닐까. 머잖아 풍요로운 것들이 뒹굴어 스러지는 침울한 잿빛 계절로 물들어 질 것은 뻔하다. 절망보다 희망을 현실에서 찾으려하는 눈물겨운 인간의 한계. 그러나 억지로 마음을 먹는다고 천지의 이치가 인간들 마음대로 될 수는 없다.

바람은 점점 차가워지고 바짝 마른 초목들조차 을씨년스러워질 때, 자연은 인간에게 신호를 보내는 것이다. 햇살이 야위어지면, 왜 초목의 수액이 다시 땅속으로 내려가는지를 느낀다. 삼라만상은 되풀이되고, 다시 오며, 어제는 오늘이 아니다.

아직 높이 솟아오르는 햇덩이를 보면서 나는 황혼이 쓸쓸하게 물드는 장엄한 슬픔을 생각했다.

산 끝 바로 아래 휴게소에서 잠깐 한숨을 쉬던 버스는 다시 사람들을 태우고 움직였다. 산의 능선은 경계를 만든다. 애당초 산세는 이쪽과 저쪽을 구분하려는 것이 아니었건만, 사람들은 언어와 풍습을 만들어 이쪽과 저쪽을 갈라놓았다. 정령치正嶺峙를 넘어 남원으로 구불구불 길 따라 내려가는 버스는 여전히 흔들렸다. 산 아래로 곡예를 하듯 뒤뚱거리는 버스는 마을들이 펼쳐져 있는 곳까지 내려왔다. 산이 높으면 골도 깊다던가. 남원은 오래된 마을들이 엉켜있는 작은 도시였다.

번식과 종말은 시간에 쫓긴 인생의 슬픔 속에 애절하다. 아무리 강상綱常의 법도를 말해본들 인간의 본능을 버리기는 쉽지 않다. 그러므로 언제나 청춘남녀의 사랑은 본능에 충실한 사람들의 자연스러움이다. 연인들의 사랑 이야기가 깃든 아늑한 고을은, 입에서 입으로 전해진 시간을 초월하고 있었다. 춘향이도 향단이도 가고 없건마는, 여전히 사랑을 꿈꾸는 남녀들은 마을을 찾아와 사랑의 순간을 다시 확인한다. 사랑의 결실을 위해 온갖 고통을 이겨내려는 선남선녀는 위대하다.

광한루에는 암행어사의 군졸 대신 가을걷이를 끝낸 농촌 관광객들이 모여들고 있었다.

바다에 뜬 겨울풍경

서쪽으로 멀리 대관령과 이어진 오대산이 칼바람을 막아섰다. 들쑥날쑥한 병풍들은 낱낱이 산맥의 매듭이었다. 마그마가 분출된 분노의 칼날을 아직 무딘 세월은 연마하지 못했으며, 흰 눈을 뒤집어 쓴 백두대간은 등줄기를 펴지 못했다.

태백준령은 하얀 말갈기를 날리며 북으로 달리고 있었다. 마치 산맥은 자연스럽게 바다 건너 몰려올 것 같은 이민족의 침입을 막으려는 길고 긴 성벽 같았다. 삭풍으로 내딛는 오랑캐들의 말발굽은 남자를 죽이고 평온한 여자들의 자궁을 훔쳤다.

동해바다는 우렁차고 장엄하다. 시퍼런 물빛은 넓고 깊은 자연의 속내와 같다. 수평선이 건져낸 붉은 햇덩이는 이 땅에서 목숨을 연명하는 모든 이들에게 하루의 시작을 알렸다. 질펀한 바다는 깎인 산맥에서 떨어진 광야를 대신하여 끝없이 펼쳐져 있다. 동해안을 따라 나선 간선도로가 어촌들을 거쳐 주문진과 낙산을 지나 속초로 이어졌고 화진포를 넘어가리라.

물고기처럼 만들어진 인조의 틀. 어선들은 언제나 추운바다에 떠 있었다. 일엽편주들은 물결에 흔들리면서 표표히 삶의 존재로 자리를 잡고 있다. 수놈의 본분이란 식솔들을 먹여 살리는 게 천형이 아니던가. 어촌 사내들의 일상은 활이나 창 대신 그물과 낚시로 사냥을 하여 식솔에게 듬직한 먹잇감을 제공한다. 그렇지만 바다에도 흉작과 풍작은 상존한다.

깊은 수심에서 그물로 건져 올린 사람의 먹이들은 갑판으로 떨어진다. 그리고 얼음조각들에 파묻혀 비린 냄새를 잠시 묻어둔다. 망망대해에서 하필이면 그물에 걸려 죽을 확률은 어디에 존재한다. 플랑크톤으로 생애를 마감해도 마찬가지다. 그 죽음의 먹이사슬들은 푸른 바다가 아닌 뭍으로 끌려나와 일생을 다한다. 아구의 입 속에 꽁치가 들어있고 꽁치의 뱃속에 멸치가 들어있음은 무엇을 보여주는가. 생지옥이란 먹이사슬의 연결고리인 바, 시작도 끝도 없는 아비규환의 연속이다.

고통을 더 감당하는 어족들은 쉬이 상하거나 물러지지 않도록 화물차에 실려 생선으로 팔려 나간다. 갑판 밑으로 떨어지거나 작아서 바닷물에 내동댕이쳐진 잡어들은 갈매기의 먹이가 된다. 가을걷이가 끝나서 논바닥에 떨어진 이삭을 줍기 위해 기다리고 있던 참새 떼처럼, 갈매기들은 흰 모가지를 빼어 날더니 낚시 미늘 같은 주둥이로 갑판에서 내던지는 먹이를 물었다. 긴 날개를 펴서 떠도는 날짐승은 이제 쉬운 입질에 길들여져 힘든 사냥의 본능을 버리려 든다. 얌체 같은 그 짓도 착취의 기술이고 노동이다. 경계가 어느 쪽이 되든지 생선의 일생은 끝장난다.

시퍼런 물빛과 하얀 거품을 물고 모래톱으로 기어드는 파도. 세찬 바람은 끊임없이 파도를 해변으로 밀었다. 삼키고 삼켜도 배고픈 하얀 포말들의 아우성. 밀리고 밀려오는 파도의 분노는 험한 삶이 켜켜이 쌓인 또 다른 첩첩 산들이었다. 수평선은 높았고 바다는 망망하다. 짙푸른 수평선은 파란 하늘과 선을 그었다. 유사한 빛깔끼리 선을 긋고 내 눈마저 분할했다. 색채와 빛의 유혹으로 어질어질한 눈의 혼란.

눈발이 날리다가 흩어진다. 자연에 대한 사람들의 마음은 거의 같을 것이다. 그래서 송강 정철은 「관동별곡」에서 그렇게 읊었던가. "십리나 뻗쳐있는 얼음같이 흰 비단을 다리고 다린 것 같은 백사장이며, 맑고 잔잔한 호수물이 큰 소나무 숲으로 둘러싼 속에 한껏 펼쳐져 있으니 물결이 잔잔하기도 하여 물속 모래알까지 헤아릴 만하다"고.

나 젊었을 적, 이곳에서 군대 생활을 할 때가 있었다. 바다는 전선이었고 휴전선이었다. 그 무렵에는 해변을 온통 철책으로 막아서 초병들이 지키고 있었다. 일출과 일몰이 통제시간이었다. 물고기를 잡으려고 마을을 떠난 어부들은 무거운 마음으로 배에 오르고 내렸을 거다. 망망한 바다에서는 경계선도 부표도 없었다. 물고기 떼가 유혹하는 데로 따라가다 보면 낯선 북한 군인들의 경비선에게 잡혀갔다. 어부들과 남북의 군인들이 시간으로부터 발목이 잡혔을 적에 물고기들은 더 자유스러웠을 것이다. 나라의 바닷길

거의 대부분이 그랬다. 군인들은 날이 밝으면 낯선 침투선이며 간첩들이 밤사이 몰래 들어왔는지 나갔는지, 철망에 군데군데 박힌 돌멩이들을 확인하는 것이 일과였다. 바다로부터 북서풍이 쌩쌩 몰려와 살이 에이고 트는 아픔도, 경계선 밖에서 침투한 동족보다 더 두렵지가 않았다.

시퍼런 물결과 하얀 모래톱은 그대로인데, 전투지역에서 관광지역으로 바뀐 자리에는 낯선 사람들이 오고갔다. 자연과 시간 속에 녹아드는 사람들을 막을 길은 없다.

떠나가는 흰 구름 사이로 햇살이 내지르는 함성은 사람들의 것이었다. 관광객들은 바다를 향해 메아리도 없는 소리를 지른다. 그렇게 하여 기쁨과 슬픔의 앙금이 증발한다면 좋으리라. 해변을 따라서 듬성듬성 모텔들과 위락시설들이 앉아 있었다. 외지에서 몰려온 관광객들은 삼킬 듯 달려오는 파도를 놀리고 있다. ~날 잡아 봐라.

갈대로 둘러싸인 호수를 지나 바다는 바로 옆이다. 바닷물과 민물이 위태로운 경계를 두고 나뉘어졌다.

시인묵객들이 노래한 술잔과 호수와 바다의 수면에 뜬 밝은 보름달은 보이지 않는다. 자연과 일체가 되었던 생각은, 인간이 만든 물질문명의 자만 속에 전설로만 떠돌 뿐이다.

아찔한 대관령을 굽이굽이 넘어오던 명주溟洲는 고속도로와 항공기로 금세 오게 되었다. 경포대 주변에는 상가들이 늘어서 있었고, 바닷가의 소나무들은 성깃한 몸으로 을씨년스런 겨울을 보내고 있다. 아침에 부글부글 끓듯이 뜨겁게 솟아오른 그 찬란한 태양은 수평선과 이별한 지 오래다. 태양은 더 높이 하늘로 떠오르고 난반사된 햇빛이 물결 위로 부서진다.

하늘과 바다 사이

서해바다에 널브러져 있는 섬들은, 하늘과 바다가 흐릿하게 같은 빛일 때 수평선을 드러내준다. 원래 빙하기의 바다는 묶여있었을 것이다. 대륙의 판들이 부딪쳐 융기하고 얼음이 녹아 바다는 더 넓어졌다. 융기된 꼭대기들은 지표의 크고 작은 꼭짓점이 되었다. 육지였을 적에 섬들은 외롭거나 고독하지 않았다. 꿈틀꿈틀한 지맥 틈사이사이로 바닷물이 세력을 넓히기 전까지는.

세찬 바람에도 불구하고 섬들은 죽은 듯이 떠 있다. 금방이라도 삼킬 듯 하얀 거품을 물고 달려드는 파도가 겁날 만도 한데, 먼 바다로 밀려가거나 뭍으로 밀려오지 않는다.

삭풍이 물러가지 않은 이월 달에도 섬들은 살아있

다. 풋풋한 시금치며 산 능선 가까이 휘돌아나간 밭에는 푸른 보리 싹들이 돋아있다. 어부들과 아낙네들은 찬바람을 맞으며 밥값을 하러 바다로 개펄과 논밭으로 나간다. 조개를 줍고 비닐하우스에서 야채를 뜯어내는 갈퀴손의 힘은 위대하다. 그들이 들숨과 날숨으로 호흡하는 터전은 그들을 배반하지 않았다. 그래서 섬은 그들의 심장으로 벌떡거리며 퉁퉁거린다.

원래 바닷물은 무슨 빛이었나? 혹시, 푸른 산들이 바다에 쑥 미끄러져 우러나와서 바다물빛은 저리도 퍼렇고 푸른가.

육지가 끝나고 바다로 이어지는 중간에 검은 개활지가 있다. 개펄은 차디찬 바람을 맞고 뿌연 잿빛으로 혹은, 검은 빛으로 질펀한 자락을 깔고 바다와 하늘 끝에 닿아있다. 개펄은 바다와 섬이 충돌할까봐 중간을 막아선 완충지대다. 육지와 바다에서 버림받은 것들은 이곳으로 쓸려와 새롭게 생긴다. 개펄은 바다에 기생하는 모든 먹이사슬의 원천이다. 그리고 무수한 플랑크톤과 해초를 키우며 죽은 듯 살아있는 인간의 에너지원이다.

낙락장송들은 휘어졌거나 늘어져 꺾인 자태로 해안을 따라 줄지어 서 있다. 이 소품들은 바다와 하늘의 밋밋함이 못미더워 존재한 것 같다. 소나무들은 꿋꿋하다. 바람이 귀싸대기를 후려치거나 소곤소곤 유혹하는 대로 깊은 뿌리를 놓치지 않고 있다. 깊은 산속의 쭉쭉 뻗은 동족을 부러워하는 건 절대로 아닐 것이다. 돋아난 가지마다 멋대로 휘휘 늘어진 자태가 얼마나 멋이 있는지 생각할 겨를도 없다.

겨울 바다는 왜 스산할까?

잿빛 하늘과 거무데데한 개펄 사이로 짙은 쑥빛 바다가 펼쳐져 있어서 그런가.

바닷물은 참 이상하다. 하늘이 맑으면 물빛이 시퍼런데 하늘이 찌푸리면 영락없이 먹빛이 되어버리니 말이다. 바람 또한 바다로 오면 변덕이 죽 끓듯 심하다. 밤이 새도록 윙윙 소리를 지르면서 떠돌아다니다가 아침이면 쥐죽은 듯 조용한 내숭이다. 또 구름이 끼면 어디선가 금세 나타났다가도 환하게 비치는 햇빛 또한 느릿느릿 떠돌다 슬그머니 사라진다.

하긴 바다 저 혼자 사는 세상이 아니라서 그럴 거다.

바다 앞에 서면, 큰 산도 물속으로 잠겨버리고 지루한 세상사조차 파도 속으로 휩쓸려 들어간다. 세상사 모든 것들이 우주의 블랙홀처럼 그 속으로 다 빨려 들어가버린다. 그래서 녹아버리거나 플랑크톤이 되어버릴까. 어쩌면 아주 먼 옛날에, 갈매기는 물속으로 풍덩 빠져서 물고기가 되고, 물고기들이 튀어 올라와서 새떼가 되었을지도 모른다.

뭍에서 바다 쪽을 보면 섬들은 아장아장 걷다 만 아이들처럼 다문다문 앉아있다. 모든 것들은 하늘과 바다에 잠겨있다. 하늘에서 내려다보면 모든 게 평온하게 보이는데, 지표 위에서는 모든 것이 바쁘고 시끄럽다. 눈의 각도는 시야를 결정하며 시야는 세상을 보여준다.

해가 지면서, 하늘과 바다를 발갛게 물들이고 섬들을 검은 실루엣으로 만든다. 세상이 끝나가는 순간에도 황홀한 아름다움은 있다던가.

2월에 생각나는 것

　　꽃샘추위가 어지간하다. 바람은 여전히 추위의 끈을 놓지 않았다. 봄은 벌써 나뭇가지 끝까지 올라와 있는데 바깥은 다시 한겨울로 가는 느낌이다. 해마다 겨울이 마무리되는 이즈음에 서너 차례의 추위가 온다. 얇고 화사한 옷으로 갈아입었다가 갑자기 불어닥친 매서운 추위에 치도곤을 맞고서 다시 두꺼운 옷을 장롱에서 꺼내 입는다. 그건 사람도 식물도 건망증 때문이 아니다.

　　날씨와 기후에서 오는 체감온도는 사람에 따라 느끼는 차이뿐이다. 추위라고 해봤자 한겨울 냉랭한 날씨에 비하자면 아무 것도 아니다. 잠깐 방심에서 오는 낭패감이 크다. 이제 겨울이 다 물러갔거니 했는데, 엄습한 써늘한 기운이 잠시 계절을 잊어버린 사람들에게 혼을 내주는 것이다. 자연의 이치는 엄연하다.

2월은 아직 봄이 아니다. 하늘은 푸르뎅뎅하고 찌푸린 얼굴을 펴지 못한다. 대지의 기운은 낙엽에 덮여있어 따사한 햇볕을 기다린다.

성깃한 나무꼭대기에 까치집들이 거뭇하게 걸려있다. 하늘로 높이 걸려있다고 한들 나무우듬지 아래다. 까치들은 나무삭정이는 물론 재료가 될 만한 것을 물어 날라 집을 짓는다. 텃새들은 알을 까고 새끼를 길러 종족을 보전한다.

지상에는 집이 없는 사람들이 많다. 짓고 지어도 집은 모자란다. 욕망의 확장을 못이기는 인간들 때문이다. 식솔들을 거느리는 자의 능력이, 집의 소유 유무와 크기로 자리매김 되는 일은 비단 어제 오늘이 아니다. 집이 없는 가장의 무능함은 세상을 바꾸어보려는 자들이 느끼는 패배의 쓸쓸함에 비할 바 아니다.

수액이 흐르고 있을 나목들의 작용이 눈에 보이지 않지만 계절의 질서는 어김없다. 거칠게 마른 나뭇가지의 새 움은 보이지 않으나 몽우리는 단단하게 뭉쳐있다. 망울은 금방이라도 톡톡 터져서 필 것만 같다.

줄기까지 물이 바짝 올랐으리라. 머잖아 뿌리는 흙을 꿈틀꿈틀 헤치겠지. 수액은 껍질로 보내져 생명의 흔적은 푸릇푸릇 솟아나리니, 만물의 숙명은 그 운동선상에 보태지고 빠지며 이어지는 것이다.

지난여름 넓적한 푸른 나뭇잎은 흔적조차 없는데, 플라타너스 열매는 여태 거렇게 말라서 대롱대롱 매달려있다. 하나의 나무에 달린 부분도 생애를 마감하는 형태는 각각 다르다. 그러나 개체의 흥망성쇠가 다를지언정 종말은 필시 뒤따른다.

상류의 갈수기에도 물은 조금씩 흐른다. 흐름을 그치지 않은 강물은 햇살에 반짝인다. 강줄기의 시원은 아침이슬과 빗방울이 모여 만든다. 마른 풀숲에서 먹이를 찾아 날아온 청둥오리 무리는 메마른 모래톱에 앉아있다. 모래톱 가운데 웅덩이가 되어버린 곳으로 한두 마리가 날갯짓을 내려놓는다. 저것들은 유목민처럼 먹이를 찾아 옮겨 다니는 집시들이다.

바람은 불어야 하고 껑충하게 서있는 소나무는 때리는 대로 맞을 수밖에 없다. 그건 숙명이다. 바람은 스스로 훈풍을 만들지 않는다. 대기를 보듬어 봄의 전령사로 오는 첨병이다.

남쪽 섬에는 검푸른 수평선을 바라보며 다소곳하게 고개 숙인 할미꽃이며 발칙한 붉은 동백꽃들이 한창이겠다. 핏빛 동백꽃잎과 짙푸르게 반짝이는 나뭇잎의 조화가 암만해도 수상하다. 무엇에 한이 맺혀서 동백은 찬바람 속에서도 붉은 망울을 숨기려들지 않을까.

훈풍이 살짝 불어오면 빨갛게 내민 두툼한 입술이거나 혹은 홑치마 속으로 드러난 노란꽃술에는 벌들이 둔한 날갯짓하며 꿀을 빨려고 까치발을 하겠지.

남쪽, 엄마 품처럼 아늑한 그 바다를 만나면 차디찬 기운조차 햇볕에 섞여 훈훈하다. 파도는 포말을 흩뿌리며 해초와 감태냄새를 내 폐부 깊이 넣어 주리라.

그래도 춘삼월의 조짐은 곳곳에서 감지된다.

뒷산 밭이랑에서 파릇파릇한 기운이 돌고 하늘 끝에는 파란 장막이 올라오는 것 같다. 아직은 상수리나무, 활엽수 따위에 마른 잎이 붙어있지만 바람 불고 비가 내리면 금방 떨어져 흙이 될 것이다.

새로움은 낡은 것을 동반한다. 그리하여 죽은 것들의 잔해에서 썩은 물이 나와 흙과 엉키고 미생물은 분해되어 새싹의 자양분이 된다. 싹은 돋아서 피어, 내게 새로운 것은 낡은 것의 후예라고 속삭일 것이다. 만물은 늘 그렇게 인간의 의지와 상관없이 순환운동을 하고 있다.

겨우내 얼었던 땅과 바다와 숲과 생물들을 슬슬 달래며 차츰차츰 온화한 기운으로 이끌어 주려는 대자연의 섭리다.

모든 것이 인간의 잣대에서 정해질수록 자연의 섭리는 밉고 서운한 일투성이다. 그러나 어쩌겠는가. 인간이 땅을 딛고 있는 순간조차 대자연의 순리에 들어있는 미미한 존재인 것을. 몸의 세포가 녹아들기 시작하면 인생은 숨이 짧아진다.

탱글탱글한 꽃망울을, 촉촉하게 물을 머금은 매화나 춘란의 새 촉을 생각해보라. 생명의 영속성은 개체의 자리바꿈에 다름 아니다. 슬프지만 어쩌랴, 만유불변의 진리인 것을.

짧은 계절 앞에 무엇을 두려워하며 무엇을 아껴야

하리. 흔하디흔한 쑥이 만발한 논두렁길을 걸으며 아지랑이 모락모락 피어오르는 기운에 안겨야 한다.

자연은 서로 의지하며 서로 도발하는 모순을 지닌다. 그나마 언젠가는 모두 소멸될 것이다.

생의 심지는 타 들어가는데 황망하게 꺼져가는 순간들을 헤아리고만 있으면 무엇 하리.

그 시간을 묻는 말 • 그 시간을 묻는 말 • 그 시간을 묻는 말

II

빈라덴이여, 머리카락 보인다

인간에게 희망이 없음은 동물로 회귀함과 다를 바 없다. 왜 이렇듯 인간들은 증오와 복수를 되풀이하며 이 지구의 역사를 피로 물들이려 하는가.

빈 라덴이여, 머리카락 보일라

9월 11일 미국은 아차, 하는 순간에 국가적 테러를 당했다. 맨해튼에 있는 거대한 쌍둥이 빌딩은 순식간에 흐물흐물 녹아내려 무너졌다. 항로를 이탈한 비행기가 뉴욕의 급소를 파고들자 미국의 자존심은 여지없이 구겨지고 말았다. 폭파공법으로 해체하듯 순식간에 무너진 세계 최대의 건물. 화면만 보게 되면, 그것은 흔히 보아온 할리우드 액션영화 장면과 혼동하기 딱 알맞았다.

미국의 심장부인 워싱턴과 뉴욕은 거의 같은 시간대에 동시다발적으로 테러를 당하여 맥없이 흔들렸다. 지구에 사는 인류는 경악을 금치 못했다. 왜냐? 미국이 영원하지는 않더라도 현재로 볼 때, 세계의 초강대국이기 때문이다. 더구나 외계인에게 당한 것도 아니고 복수심에 불타는 일개 테러집단에게 당했다는 건 말도 안 되었다. 따라서 구경만 하던 미국의 우방국 국민들도 심리적으로 흔들렸다.

누가 저 최첨단의 초고층빌딩이 무너져 내릴 것을 생각이라도 했겠는가. 세상에 영원한 것은 없다지만, 지은 지 얼마 되지도 않은 거대한 빌딩이 폭삭 주저앉은 건 너무나 어이가 없었다.

수많은 무고한 뉴욕시민들이 잘못된 정부의 의지 때문에 죽었다면 기가 막히게 억울할 노릇이다. 죽은 시신을 찾고 있는 사람들의 가슴에는 어떤 생각들이 차 있을까. 물질문명의 발전에서 자신을 오만하게 만들었던 인간은, 이제 그것이 오류에서 시작된 비극임을 알게 되었다. 문명의 발전과 진화가 바로 신으로 진입하는 지름길이 아니라는 것을 수긍하고 있다. 인류를 구원하고자 하는 종교가 인류를 죽였다. 신의 이름을 도둑질하여 인류를 죽인 일이 역사로 남은 일은 많다. 신들을 대신한다는 명목을 만들어 인간들은 여전히 싸우고 있다. 가해자와 피해자가 쫓고 쫓기는 악순환의 고리는 계속이다.

또 얼마 지나서 우리나라의 시간으로 새벽 두 시.

아프간은 한밤중이었다. 미국은 공습을 감행했다. 스텔스전투기들은 나비처럼 날아서 벌처럼 공대지 미사일과 폭탄을 사정없이 퍼부었다. 폭탄의 파편에 눈이 달려서 죄 없는 백성들과 과격 테러리스트들을 구분하여 터질 리 없는 것이다.

테러조직과 미국은 서로 뜸 들이는 데 한 달을 보냈다. 그 정도의 기간이면 군수물자 비축분도 어느 정도 덜어냈을 것이다. 탈레반 정부도 끝장이 났고 이제는 미국과 북부동맹군의 포위망 속에서 반정부게릴라로 쪼그라져 산발적으로 활동 중인 모양이다.

오사마빈라덴은 말을 타고 중앙아시아 어디론가 도망갔다는 외신보도가 있었다. 아무리 강담해도 목숨은 하나다. 증오심으로 불타는 석유유정의 불길. 중동갑부의 아들이었던 그 외로운 사나이는, 무엇 때문에 자기 자신과 추종자들의 목숨을 헌신짝처럼 버리고 있으면서 '알라'를 외치는가. 왜, 증오가 죽임을 낳고, 죽음이 복수를 낳는 되풀이의 혼돈을 이어가는 것이냐. "상대를 쓰러 넘어뜨리는 자는 강한 자가 아니며 진실로 강한 자는 끓어오르는 분노의 순간에 자제하는 자이니라." 마호메트는 그렇게 말했다.

화약의 도화선은 계속 타들어갔다. 이라크가 대량살상무기를 가지고 있다는 미국의 지적이 다시 지구촌을 술렁거리게 만들었다. 이라크 전쟁에서 밀리기 시작한 후세인이 텔레비전 화면에 나와서 독전연설을 했었고, 미국과 영국이 연합군이 된 마당에 멀리 있는 이 반도의 조그만 나라에도 파병을 요청하여 보낸 바 있다. 애매모호한 전쟁에 끼어들게 된 우리도 딱했다.

무차별 융단폭격으로 바그다드는 함락되었고 독재자 후세인은 손을 들었다. 그의 거대한 동상이 군중들에 의하여 질질 끌려 다니는 모습이 방송의 전파를 타고 세계도처에 방영되었다. 인간의 욕망은 또 다른 욕망에 의하여 망가진 것이다. 인간들의 역사는 늘 그랬다. 아마 그 사내들은 코란의 가르침을 숙명으로 받아들여 인간은 목숨을 버려서라도 치욕을 당하지 않아야한다고 여겼을까.

그런데도 미국의 앙갚음은 이제부터 시작인 것 같

다. 아니, 핑계 김에 더 세게 나설 조짐이다. 이 기회에 벼르고 별렀던 소말리아, 앙골라 심지어는 생화학 무기의 원조로 일컬어지는 북조선까지 의중에 넣고 있을지도 모른다.

다 좋다. 그런데 '북조선'이라? 어어, 그건 안 된다. 그곳은 손대면 툭 하고 터지는 봉선화 연정이 아니다. 유전은 없어도 휘발성이 매우 높은 발화지점 옆에 바로 우리가 있다. 기름이 끼얹어진 바닥에 라이터 불을 켜면 불길은 기름을 타고 옮겨 붙는다. 심상치 않는 일을 생각만 해도 소름이 돋는다.

지구상에 존재했던 강대국들의 역사는 길어봤자 천년도 못 된다. 그 흥망성쇠 또한, 우주에서는 별똥별 지나가는 것보다 미약한 일이다. 그렇다면 200년을 지난 미국은 얼마나 더 유효한가.

오사마빈라덴은 그걸 알고 한번 해보자고 달걀로 바위를 쳐본 것인가. 죽어도 꽥 소리를 한 번이라도 질러서 오만한 미국에게 경종을 울려보려고 허튼 짓을 했는가. 지금쯤 어느 동굴에 숨어서 거대 강국을 패대기칠 수 있는 방법이 기껏 테러밖에 없었느냐고 자문자답을 했을까. 진리가 아닌, 약자의 변명은 소리를 높여 질러도 메아리만 허공에 진다. 그러니 노새를 타고 흔들거리며 험한 계곡과 동굴을 찾아서 숨어 사는 세월이 오죽하랴. 종국에는 승리도 패배로 귀결되는 게 인간들의 슬픈 종말이다.

미국이 사그리 망하려면 내부의 붕괴로 이어져야 하는데, 그런 조짐은 아직 아니, 전혀 그런 낌새도 보이지 않는다. 빈라덴과 알라의 후예들이 성깔머리를 보이는 일은 그런대로 자족했을지도 모른다. 현재 시점에서 본다면 전술적 역량은 인정받은 셈이다. 그러나 한 성깔을 한다는, 조지부시 양반도 가만히 있지는 않았다. 알라의 후손들은 사막이 아닌 미국으로부터 불어 닥칠 후폭풍에 숨을 죽이고 있다.

빈라덴 당신, 지금, 어디 있어?

전쟁을 하는 인간들은 명분을 만든다. 아울러 제3국의 눈을 의식하며 자국민들의 의식을 똘똘 뭉쳐서 용기를 부추긴다. 다른 동물들의 싸움에서도 그럴까.

명분은 후예들에게 역사적 가치를 들먹거림으로써

자긍심을 유발한다. 이렇듯 인간들은 애당초 어떠한 음모에서 촉발되는 일이라도 명분을 만들고 수치심과 자존심을 적절히 은폐하거나 노출시킨다. 그것이 국가의 전략이거나 집단의 전술일지라도 비슷하다. 대다수의 사람들은 가해자나 피해자로 구분되는 그 집단, 혹은 국가에 속할 수밖에 없다. 당사국이 아닌 제3국은, 명분과 이해득실을 저울질하여 자신들의 입장을 정한다.

공격 목표가 되어버린 땅 위에서 사는 사람들만 불쌍하다. 그들에게는 전쟁의 승리와 패배와는 하등에 무관한 자연적인 삶이 내동댕이쳐져 처참하게 된다. 피붙이들은 죽거나 장애인이 되며 미래는 암울할 뿐이다.

그렇게 본다면 고층빌딩에 깔려 죽은 뉴욕시민들도 마찬가지다. 전쟁이 끝난다고 해도, 수십 년 동안 사람들의 마음은 황폐하며 허탈감과 인간에 대한 배신감을 지닐 것이다.

인간에게 희망이 없음은 동물로 회귀함과 다를 바 없다. 왜 이렇듯 인간들은 증오와 복수를 되풀이하며, 이 지구의 역사를 피로 물들이려 하는가.

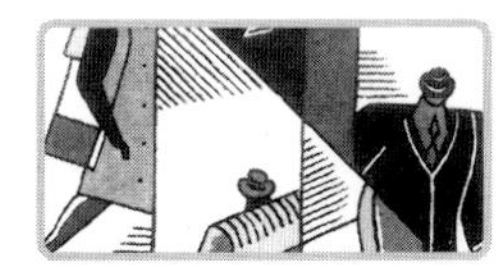

부패에 관한 장광설

　살아남기 위한 발버둥. 모든 사람의 고민은 이것으로부터 시작된다. 내일에 대한 막연함까지 가세하면 우리의 불안감은 더욱 증폭된다. 가난, 질병으로부터 풍요, 건강은 바람처럼 떠도는 말이었다. 풍요보다는 가난을 느끼는 인류가 훨씬 많다는 사실이다.

　물질문명이 발달했기로 도대체 우리에게 근본적으로 무엇이 달라졌다는 말인가?

　오장육부가 에너지를 흡수하여 살덩이를 유지하며 땅거죽에 기생하는 동안, 조상과 후손 사이의 간극 또한 크게 달라지지 않았다. 지구의 문명이 발전했다고 인류의 몸이 변종된 바도 없거니와 그 모든 혜택을 전 인류가 골고루 나눈 역사도 없었다. 다만, 연년세세 오는 세월만큼 사람의 수효는 늘어났다가 전쟁으로 조금 줄어드는가 싶더니 금세기에는 60억이라는 숫자로 땅거죽을 덮었다.

미친 짐승들의 싸움이었던 세계대전을 치렀지만, 인류가 대량으로 살상될 수 있는 확률은 여전히 남아 있다. 오히려 또 다른 세계전쟁이 불붙으면 살아있는 자는 죽은 자를 부러워할지도 모른다. 생물의 먹이사슬에서 놓여난 인류는 자정이 없는 한 통제 불능이다.

살아가면서 척박한 환경과 악화된 기후에 적응하기 위하여 만든 제도를 과학이라 말하며 우리는 스스로 위대함에 도취되었다. 인류는 그것을 발전이라고 불러왔다. 그러나 인류발전의 대가로 희생이 꼭 따라야 하는지 반문하지 않을 수 없다. 극히 소모적인 인류의 병 원인을 방치하는 일이, 살아남은 자들의 입장에서만 타당하다고 할 것인지.

발전이라고 부르는 그것에는 전진의 개념이 퇴보를 능가했다. 그러다보니, 퇴보로 치부된 사람 본연의 정신을 구태의연하게 밀쳐두었던 것도 사실이다. 물질문명의 그늘 속에 인류의 고통은 얼마나 많은 상처를 그들 스스로에게 남겨주었던가.

태풍과 변덕스런 날씨는 자연에 권태로운 만물을 변화시키고 새로운 긴장감을 잠시라도 유발시킨다. 바닷물은 잔잔함에서 깨어나 대륙붕 깊이 갈앉았던 퇴적물과 플랑크톤을 수면으로 보내고 새로운 산소를 심해의 어두운 바닥으로 내려 보낸다. 그러면 바다의 모든 먹이사슬은 활력을 갖게 된다. 새로움은 그것이다. 이 연결고리는 바다뿐만 아니라 육지의 것들도, 하늘의 날것들도, 삼라만상의 질서 속에서 자기 자신의 숨소리를 찾는다.

대자연은 반복과 순환의 질서 안에서 약육강식의 과정을 거치며 진화와 퇴화를 맞는다. 실로 오묘한 자연의 섭리이다. 모든 것은 일정한 흐름을 유지하면서 대자연의 품 안에서 운동을 한다.

사람의 우성인자가 때로는 완만하게 가끔은 급격하게 변화했더라도, 대자연 속에 녹아왔다는 사실은 여타 생물과 다름없다. 진화해왔던 사람이 변화의 운동량에 가속이 붙을수록 뛰어나게 빠른 조짐을 보인 것이 오늘의 현실임을 인정한다면, 그 또한 유전의 열성인자가 아닐지. 그리고 그것은 오래 고일수록 푹 썩어

버린 물과 정체된 인간사회로 묶어서 비교가 된다. 다
만 인간은 스스로 자의에 의한 정화능력을 갖추고 있
다는 점이 고인 물과 다르다고나 할까.

그런데 무엇일까? 인간을 잠시라도 불안하게 하면
서 실의와 번민과 고통으로 꼬드기게 하는 것들은.
엉킨 것은 풀고 막힌 것은 뚫어야 하는 시기를 놓치면
후회가 필히 따른다. 원인이 있으면 해결책도 만들었
다는 이 영장들에게 끊임없이 자기 자신을 성찰하게
하는 계기는 분명코 있을 것이다. 방해가 되는 건 무
엇인가? 흐르는 물이 고여 썩어있기 때문이다.

늘 생기고야 마는 자잘한 어두움. 우리는 그것을 불
행의 시작이라고 말한다. 개인과 사회의 불행을 별개
라고 말하면 안 된다. 우리에게 순환되는 질서는 어
제오늘 시작된 게 아니기 때문이다. 그러므로 사회는
개인의 흥망성쇠와 연결되어 있고, 그 시대의 아픔을
고스란히 지니고 있는 사람은 모든 이들이 짊어지는
불행을 표상으로 가지는 셈이다.

인간끼리의 연결고리가 아슬아슬할수록 그 연대기

는 불안한 힘으로 정체된다. 인간을 직접 통제하는 삼차원적 절대자는 없다. 인간끼리의 우열만이 존재한다. 그것은 자연적인 것과 인위적인 것이 섞여있을 수도 있다. 문제는 인위다.

우리의 불행이 금세 생겼다고 단언해서는 안 된다. 아마 그것은 유전자의 형질로 조금씩 아주 눈에 띄지 않게 수만 년을 두고 우리의 몸속으로 묻어 내려왔을 것이다. 왜냐하면 선조들보다는 후대의 인간들이 더 간교하고 영리한 삶을 살고 있음이 자명하다. 진화론적 접근으로 보면 그렇다는 말이다. 혹자는 문명의 개념을 그런 류의 등식에서 생각하려 할 것이다.

어느 왕조, 공화국의 체제를 막론하고 시간의 흐름에 따라 결국은 새로운 질서로 바뀌어졌다. 신질서는 구체제의 식상하고 부조리한 모든 것을 일거에 쇄신한다는 명분을 만들었다. 사람들은 새로운 변화가 자신들에게 정신적으로든 물질적으로든 이익을 줄 것을 기대한다. 그러나 새롭게 기치를 내건 체제와 왕조 역시 시간이 지나면 석양빛처럼 점점 쇠락으로 물든다. 역사는 그런 내용의 반복이었고 인류는 발전과 퇴보를 연결지어 새로운 모험을 시도했다.

인간집단이 쇠락하는 원인 중 동서고금을 막론하고 거의 대부분을 차지했던 항목은 무엇일까? 각각 생각의 차이는 있을지언정 부정부패라고 한다면 누구나 수긍할 것이다. 부정부패는 어느 체제에서나 종말의 원인 중에 포함되어 있었다. 그것은 인류 평등주의에 도전하는 악의 씨앗이다. 인간과 인간을 갈등하게 하고 증오토록 하는 무서운 병원균이었다.

어머니의 자궁 속에서 빠져 나올 때의 똑같음과 무덤 속으로 들어가는 자연스러움은 신이 우리에게 준 평등의 의미를 단적으로 말해준다. 그러나 인간은 짧은 일생동안 삶의 과정을 치열한 승부의식으로 살고 있다. 생물계에서 뛰어난 영장으로 만족하는 것이 아니라, 그들 스스로 테두리 안에서 서로 우열을 가리는 싸움을 하는 것이다. 아마 그것은 이미 본성으로 자리 잡아 인간의 유전형질 중에서 어떤 하나로 물들어져 있을 것이다.

우리의 불행은 여기서 시작되었다. 주어진 환경과

여건은 불균형으로 꽉 차있는데 인간의 의식은 예나 지금이나 서로 군림하려는 힘이 넘친다. 이제까지 모든 인간의 투쟁은 불평등한 환경과 여건을, 의식이 점유하고 있는 평등으로 합성하려고 했다. 물론 그것을 저해하려는 것이 다른 생물이나 자연은 아니다. 인간 개개인의 욕망이 최대 장애요인이었던 것은 말할 나위조차 없다. 그리하여 홉스의 말처럼 '만인과 만인의 투쟁'은 전개되었다.

하나의 인간을 특별나게 하는 것들이 우리의 의식 속에는 늘 잠재되어 있고, 종교와 사상과 모든 법률과 도덕의 가치 같은, 선험하다는 약초들은 그것을 치유코자 만들어져 있는 것이다. 허술하게 만들어진 약초일지라도 그마저 없었다면 우리는 진즉 파멸하고야 말았을 것이다.

우리의 삶에 대한 게임은 늘 이중성을 지니고 있게 마련이다. 이중성의 원인을 제공한 것들에 대하여는 앞서 말한 바 있다. 지름길은 합리성과 불법성을 동시에 요구한다. 거기에는 우리가 유혹 당할 함정이 도사리고 있다. 만인의 투쟁에서 당연히 이기고 살아남을 방법이 악의 고리를 만든 것이다.

　당연히 부정과 부패는 선택하는 자의 승리에 의해 항상 손쉬운 결과로 떠올랐다. 역사는 때로 비겁한 짓거리를 옹호했다. 인간의 역사였기 때문이다. 투쟁으로 점철된 역사의 산물이었기 때문이다. 피의 역사 때문이라고 말하는 자도 있다. 그렇지만 간략하게 서술된 우리들 행태의 집합소를 요지부동으로 고정시켜서는 안 된다. 그것들의 정화, 빠른 혁신을 기대하면서 악취 나는 이 주제에 관하여 언제까지 전전긍긍해야 하는가.

　역대의 왕조와 제국은 말할 것도 없고, 현재까지 가장 최상으로 일컬어지는 민주공화체제를 포함한 모든 새로운 정부가 태동할 적에는 예외 없이 구체제의 혁신과 도덕성을 기치로 내걸었다. 흐르는 물과 같고 맑은 공기와도 같은 희망은 백성들에게 호응을 얻었다. 백성의 동조는 새로운 체제를 가속시키는 페달의 힘이 되었다. 단순한 백성들은 낡은 것이 새로움을 가장해 나타나도 일단은 환영의 물결에 휩쓸렸다. 포장된 거짓은 얼른 보이지 않았다. 그들이 속은 것을 알 때에는 한참 후가 되어서였다.

위정세력은 어떠했는가? 정권을 바꾸기 위한 필요 조건으로 혁명과 선거 따위를 대입시켰다.

그러나 시간과 역사의 흐름이 지나는 동안 마치 대들보가 썩고 지붕이 퇴락되는 것처럼 애초의 참신한 정신은 증발되었다. 그리고 그들 역시 더럽다며 타도한 표적으로 내친 기존세력과 하나도 다를 바 없이 서서히 기득 권력이 되어 수구의 수렁으로 함몰되었다. 오히려 더 더러운 냄새를 풍기는 경우도 많았다. 그리하여 역사는 우리가 원하든 원하지 않든 간에 무책임한 백성과 썩어빠진 위정세력을 또다시 역사의 저편으로 내팽개치는 악순환을 되풀이했다.

어쩌면 달리기선수의 경기 방식처럼 동시에 출발하는 경쟁이 삶의 현실에 도입된다면, 부정과 부패에 대한 욕망이 조금이라도 자제될까봐, 칼 마르크스는 그 당차고 험한 이론을 인류에게 시험했을지 모른다.

똑같이 어머니의 자궁에서 나온 아이들이 현저하게 다른 환경에서 자랄 때 '파울 플레이'는 벌써 움트는 것이다. 부정의 환경은 인간이 태어나기 이전부터 기다리고 있었다. 기정사실화 되어버린 조건을 관습화하고 깨기도 하는 것이, 인간만이 가지는 사고의 덕목일진대 우리는 무엇이 두려운가?

이 모순덩어리를 더 크게 만들어 궁굴리는 관성을 내칠 수 있을 것이다. 왜냐? 신은 우리에게 고맙게도 생명의 종착점을 주었다는 것이다. 그마저 없었다면 인간들의 욕심은 고무풍선마냥 부풀어도 안 터졌을까. 욕망이 시간과 비례하다가 상처를 남기고 사라지는 걸 허무하다 말하면서 반복되는 짓을 인간의 모습이라니.

우리의 사색과 고통은 어디서 왔는가?

눈에 보이는 것, 전부가 영원히 남아있을 것이라고 단정하는 것은 3차원적 발상이겠지. 현실을 떠도는 삶은 단세포적인 감각과 더불어 단순한 발상을 머금고 우리를 뱉어내고 있다. 4차원적 시점에서 생각해 보면 우리는 해파리나 아메바 따위의 상태일지도 모른다.

인간의 관습은 제도나 법을 만드는 잣대역할을 해왔다. 오래된 관습은, 성문법 이전에 인간들에게 묵시적 동의를 구하고 자리매김한다. 그래서 때로는 관습 따위가 자유로워져야 할 인성을 포박하였는지 자문해볼 일이다.

흐르는 물은 썩지 않지만 오염된 물은 오랜 시간이 지나도 정화가 불확실하다. 자기 자신이 저지른 부패는 정의로 간주하고 타인의 똑같은 행위를 불의라고 한다면 모순은 여기서부터 시작된다.

고조선의 『팔조법금八條法禁』이 몇 천 년을 두고 두꺼운 법전으로 보완이 되었으나 거기에서조차 누락된 우리의 시시비비는 얼마나 많을까?

기득권은 이미 만들어진 정의를 자신들의 방패로 사용하고 있다. 아쉬움을 감안한 기득권은 힘을 지속적으로 갖기 위해 새로운 부정과 부패의 사례를 찾아나선다.

현실은 지배자와 피지배자의 갈등을 우리에게 슬픔으로 준다. 나 혼자만은 살아야 하니까. 너희들은 죽어도 괜찮다. 어떤 방법으로든, 규칙을 어겨서라도 잠깐이면 되는 일이라고 생각하는 사람들. 사람들 없이도 사람노릇을 할 수 있다고 생각하는 사람들.

인위에 의하여 만들어진 부패는 부정을 확보하여 양심의 마비현상을 일으킨다. 양심의 마비가 세상에 전염병처럼 확산되어 혼탁한 공기로 가득해지면 어떻게 되는가. 그 중독성은 진한 마약의 연결고리가 되어 끊임없는 수요를 늘릴 것이다.

예측 불가능에 관하여

평화시대에 전쟁을 생각하는 일이 과연 타당하기나 할까?

우리 조상들은 왜 하필이면, 강대국들이 아가리 벌리기 좋은 이런 위치에다 나라를 정했는지 씁쓸한 생각을 한 적이 있다. 그렇지만 현실에서 무슨 가설이 필요하랴. 미구에 닥칠 일을 미리 예견하는 것은 어렵다. 그간 일어난 역사의 유사한 사건이나 상황을 대입시켜 추출하는 데에도 한계는 있다. 그래서 역사는 우리에게 미래를 가늠하는 척도였다. 오늘을 사는 지혜는 과거와 미래의 중간에서 줄타기를 하는 것과 진배없다. 언제나 모든 현실이 과거와 흡사한 것은 아니다.

인간의 감정은 비슷하지만 감정을 유발하는 환경이

나 동기는 다를 수 있다. 인간의 감정을 자극하여 공감대가 만들어지면 전쟁의 동기를 부여한다.

한국전쟁이 강대국들의 입김에 의하여 부추겨져 일어난 지 벌써 반세기가 지났다. 한 세대를 30년으로 볼 때, 한 시대를 마무리할 시점에 이른 것이다. 한반도의 지정학적인 여건으로 보아 늘 주변의 강대국들은, 우리를 한 번쯤 흔들어보아서 만만하면 치고 들어오는 주기週期가 있었다. 물론 정기적인 주라고 할 수는 없지만 대략 50~100년 정도였다.

안정이 깨지고 평화가 무너지면 제일 먼저 고통을 당하는 부류는 하층민들이었다. 전쟁이 일어나면 결국 동족이 다 화를 입지만 직접 적과 부딪치는 기층민의 아픔이 더 크다. 최초에 부딪치는 적의 방패는 이들이고, 피해복구에 동원되는 이도 이들이기 때문이다.

사람들은 누구나 건망증을 가지고 있다. 어려웠던 역사를 잊어서는 안 된다. 오늘을 사는 충실함을 가지면서 내일에 대한 준비도 게을리 해서는 안 되는 것

처럼 유비무환이 필요하다. 당장 닥쳐오지 않은 일이
라고 하여 영원히 오지 않으리라는 보장은 없다. 언
젠가 그 상황이 도래하여 헤쳐 나가자면 필요한 응분
의 대가를 배倍로 치러야 할 것이다. 세상에 무계획을
급하게 마련하자면 시간과 돈뿐만 아니라, 정신의 소
모는 당연히 더 든다.

얼마나 중요한 일이냐에 따라서 건망의 대상을 선
별해야 한다. 하나밖에 없는 목숨이 왔다 갔다 하는
일이라면 이건 보통 중요한 것이 아니다. 전쟁은 짧은
시일에 대량의 목숨을 끊는 인위의 죄업이다. 우리가
원하든 원하지 않든 간에, 인간이 인간을 징벌한다는
일은 무서운 결과를 수반한다. 도대체 신이 있는지 없
는지 몰라도 결과에 대한 후유증은 치유되기 어렵다.
가끔 우리는 모든 원인과 결과를 스스로 저지르고도
해결하지 못하면 신을 들먹인다. 필요할 때 나타나지
않은 신을 무용지물이라 말할 수 있을까.

조일전쟁이 일어난 서기 1592년보다 10년 전. 당시
조선의 정치가이자 철학자인 율곡선생은 '10만 양병'

을 주장했다. 그러나 그건 이론에 불과하다고 묵살되었다. 태평성대가 이어오는 200년 동안 조선의 사상은 문약文弱하기 이를 데 없었다. 이미 국제정세는 명나라가 쇠약해지고 청나라의 태동이 예고되었으며 일본의 전국시대는 풍신수길에 의하여 통일되었다. 욕망은 힘의 분출을 돋아주어 지도자들은 백성들의 감정을 전쟁으로 모으고 있었다.

인간은 야수의 감정보다 냉철하다. 싸움에는 계산이 따른다. 감정이 개입되기 전에 유리한 입장과 불리한 점을 산출해야만 결과를 예측하고 적을 공략할 수 있기 때문이다. 국민 개개인의 감정을 응집하여 힘을 극대화시키자면 명분을 만들어야 한다. 최소의 공격으로 적의 항복을 받자면 기선을 제압해야 한다.

10년 후 4월의 부산포 앞바다로 까마귀 떼처럼 몰려오는 왜선들.

동래부사 송상현의 죽음은, 이미 강쇠降衰한 나라의 중과부적衆寡不敵을 충분히 예상하게 했다. 이어서 진주성이 깨지고 조총으로 무장된 왜적은 조령과 신립장군이 지키는 탄금대를 넘어섰다. 이민족의 말발굽 아래서도 동인과 서인은 싸우고 있었다. 임금은 국경인 압록강까지 쫓겨 가는 치욕을 역사에 기록했다.

이후에도 무분별한 정세판단과 준비가 없기는 마찬가지였다. 병자호란과 개화기의 대처 방식도 비슷했고 결국 침략자들에게 당했다. 그러고도 역사의 심판은 계속되어 외세가 개입된 동족 간의 전쟁에 수백만 명을 죽이는 참상을 만들었다. 불씨는 꺼지지 않고 있다. 아니, 언제라도 휘발성분이 이글거리는 상황에 있다. 불꽃이 타오르는 건 간단하다.

우리가 강대국들의 잣대에 의해 두 동강난 참화에 대하여 느낀 점은, 언제나 역사는 토인비 박사의 말대로 반복과 순환이 온다는 것이다. 또한 망각은 엄청난 대가를 치른다는 교훈이다.

남북의 인구는 7,000여만 명. 쌍방의 병력은 거의 백만여 명. 불과 동서 휴전선 249.4킬로미터와 남북의 종심 1,500킬로미터도 못 되는, 전 국토에 짧은 도화선이 노출되어 있는 셈이다. 휴전선에 전진 배치된

재래식 화력만으로도 한반도는 초토화되기에 충분하다. 지대지와 지대공 미사일이 휙휙 날고 스텔스와 로봇이 현대전에 나오는 마당에 시공간의 개념은 그다지 큰 의미가 없을지도 모른다.

그보다 자유 분망하고 다혈질적인 정서를 가진 우리 민족은 감정의 응어리를 제어하지 못하는 점이 걱정이다. 비극의 실마리다. 대개의 전쟁처럼 이민족 간에 일어난 것이라면 상처의 치유 또한 빠를 수 있다. 세대가 지나면 이해득실의 간극이 점차 해소되기 때문이다. 동족간의 싸움은 패자만이 존재할 뿐이며 후유증은 얼마나 오래 가는 것인가.

금방 터진다는 불안함을 지닌 채 또 오십여 년이 흘렀다. 세월이 흐르면 긴장도 권태에 젖는가. 그간 남북의 지도자들은 냉전을 정치의 화두로 삼았다. 백성의 안전을 볼모로 발목을 잡고 정치적 술수로 통치해왔다. 그래서 국민들은 양치기 소년의 거짓말에 면역이 되었다. 못 믿거나 믿는다 해도 자포자기自暴自棄한 상태가 되었다. 이런 상태가 지속되는 동안 진실이 무슨 효험을 발휘하리요.

그간 인류가 벌였던 모든 전쟁이 민족, 종교, 이념 따위의 외형상 명분 때문에 일어난 것이라 하지만, 그 이면에 도사리고 있는 내적 요인은 사소한 감정과 이기주의가 발로하여 인간끼리 대립을 초래하였으리라. 동물적 본성뿐이라면 오히려 전쟁은 없을 것이라는 말도 새겨들을 만하다.

역사에 무슨 가정이 있겠는가. 만약이라는 명제를 만드는 일은 현실로 올 수 있는 두려움을 느끼기 때문이다. 만약의 상황을 준비해두는 주체는, 일이 닥쳤을 적에 우왕좌왕右往左往하지 않을 것이다.

신이 심판하는 것도 아니고, 인간 스스로 파멸의 구덩이를 만드는 것을 알면서도 정황에 질질 끌려가서는 안 된다. 손무의 병법에도 있듯이 공격보다는 방어의 책임이 중요하다. 지킬 수 있음을 간과하여 잃어버린 죄과는, 최선을 다하지 못한 선대의 잘못을 되풀이하는 것이다.

위정세력의 판단 미숙과 안이한 대처로 수많은 사람이 개죽음을 당하는 일은 없어져야 한다. 나라에 위난이 발생할 수 있는 사소한 단서라도, 그 의혹이

해소될 때까지 허투루 버려서는 안 된다.

　세계는 이념의 혼돈을 빠져나와 경제전쟁으로 치닫고 있다. 새로운 질서는 아직 개인의 존엄성을 주장하지만 여전히 국가이기주의와 개인들의 욕망이 혼재되어 있다. 새로운 가치관이 실험되려면 또한 얼마나 많은 사람들의 희생과 시간이 버려져야 할까.

백골징포白骨徵布의 변천

병역비리의 몸통인 박아무개 원사가 잡혔다.

머칠 동안 텔레비전뉴스와 신문들의 첫머리를 채웠던 내용이다. 3년여 동안의 도피 끝에 군 수사기관원들에게 쫓겨 동부이촌동 아파트에서 체포되었다는 줄거리는 추리소설 같기도 했다.

그가 잡힘으로써 하나의 사건은 마무리가 된 듯한데, 거기에 연루된 유력인사들에 관한 후일담이 아름답지 못한 사례로 남을 것 같다. 그러니까 문제는 디지털시대의 최첨단 사고방식을 가진 오늘날, 인간의 본질은 여전히 봉건시대와 다를 바 없다는 데 있다. 인간이 문명의 발전과 더불어 인간성 또한 함께 따라야 할 것인데 그러하지 못하다.

남들 다 가는 군대에 자기 자식은 안 보내려하는 이

기심의 발로를 박 원사는 충분히 알고 있었던 것이다. 그런데 이런 일은 박 원사가 감옥에 들어갈지라도 계속 생겨날 수밖에 없다고 본다. 세상에 어떤 부모가 자기 자식을 이 년이 넘도록 목숨이 담보된 군대에 보내고 싶겠는가.

부모들은 자기 자식만은 병역의무의 족쇄에서 무슨 수를 쓰든지 빼돌려야 할 것이고, 그런 자리에서 판정을 하는 작자들은 힘을 공정하게 쓰지 않으면 된다. 유혹의 빌미는 도처에 널려 있다. 하사관의 적은 봉급으로 돈이 풍족한 민간인들과 비교하자면 당연히 돈에 대한 충동을 받을 건 뻔하다. 부정과 비리가 권력에 유착된 게 어제 오늘의 일도 아니라면 말이다.

이쯤에서 말자면, 직접 관련돼 있지 않거나 이해당사자가 아닌 많은 사람들은 제각각 사회정의, 동정, 시기 따위를 형평성과 명분을 지어 규명하려고 들 것이다.

자본주의 본질은 무엇인가. 균등한 경쟁? 천만에. 나는 야구와 농구, 골프 등 서구에서 들어온 스포츠와 세칭 고스톱 화투놀이 문화가 사람에게 주는 의미를 생각해본다. 정한 룰에 의하여 경기를 해야 함에도 불구하고 부정한 반칙이 승부의 간극을 벌인다. 물론 이럴 때의 양심은 불량해야 한다. 양심이 거치적거리면 반칙은 자유롭지 못하다.

어떤 조직 속에서나 반칙을 행함으로써 더 빨리 출세하고 그걸 봐주고 이득을 챙기는 사람이 있을 것이다. 이득이 물질이거나 정신이거나, 당장이거나 미래이거나, 그건 분명 정실이 개입된 것이다. 하도 오랫동안 그런 관행이 있어 왔으므로 재수 없는 자만이 걸린다고 하면 말은 된다.

인간은 본능적으로 짧은 생애에 늘 위기감을 느끼며 산다. 쾌락은 위기감에 초조해하는 인간들의 순간을 잠시라도 잊게 해주는 마약 같은 것이다.

대부분의 쾌락을 쉽게 처리해줄 수 있는 것이 돈이다. 인간의 성취욕이 꼭 돈 때문이라고만 하겠는가마는, 양심까지 사버리는 위력의 대단함을 볼 때 현실적으로 그 힘을 인정하게 되는 것이다.

영조대왕의 치적 중에서 균역법은 세금에 관한 것

이었다. 당시까지 조선에는 16세에서 60세까지의 평민층의 남자 50만 명이 세금대상자였는데, 국가의 군역이나 잡역으로 차출되지 않으려면 포목(돈)으로 대납을 했다. 조선 전체의 인구가 천만 명도 못 되는 시대였다.

그러나 차출을 면하려는 자들이 늘어남에 따라 법질서가 문란해져 돈 없고 배경 없는 가난한 자들만 끌려갔다. 더구나 지방수령들은 이를 빌미로 토색질까지 하게 되었다. 그러자니 죽은 자(백골)와 어린아이까지 징집대상자로 올려놓고 세금을 거둬들이는 폐해가 발생했다. 결국 영조대왕은 홍화문에 직접 나와서 사대부와 백성들을 모아놓고 회의를 하기에 이르렀던 모양이다.

언론이 밝혔던 내용으로 다시 돌아가 생각하자면 이렇다.

박 원사가 하사관으로 군대생활을 하며 느꼈을 법한 계급 콤플렉스와 맞물려 헌병병과에 소속된 작은 권력은, 그를 돈을 탐하는 군인으로 변질시켰을 것이다. 자본주의에서 돈의 위력이란, 폐쇄된 군대 안에서도 통하는 마물魔物이기 때문이다. 더구나 병무청으로 파견 근무를 나갔다면 헌병병과 하사관 중에서도 윗선과 무관하지 않으리라고 본다. 보직의 안정성을 지속적으로 보장받자면 무엇으로 해결하였겠는가.

군대에 끌려가면 곧 죽는다는 인식이 굳혀진 것은 작금의 일이 아니다. 아직도 백 수십만 명의 쌍방 군인들이 냉전체제하에 있는 나라가 아니던가.

근래에 이르러 병역의 의무가 훼손되고 있다는 사실은 심히 유감스럽다. 올림픽 메달 획득 선수는 물론이고, 국위를 선양한 젊은이 또한 병역을 면제해주어야 한다는 말이 나돌고 있다. 심지어는 한류문화 전달에 이름을 날린 연예인까지 면제해주어야 한다는 데는 할 말이 없어진다.

미국의 경우 월남전이 한창이었을 때, 권투선수 '무하마드 알라'가 종교적인 이유로 징병을 거부했던 사례도 있기는 하다. 그렇지만 어떤 젊은 목숨이라도 다같이 소중한 것이고 모두 귀한 우리의 아들들이다. 사람의 목숨에 대한 값어치는 균등하게 매겨져야 할 것이다. 이런저런 핑계를 만들어 국민의 의무가 불평등하게 된다면 누가 국가를 신뢰할 것인가.

군에 끌려갈 자식을 둔 돈 있는 부모들, 특히 여인들의 모성본능은 병역면제에 관한 소문과 제의를 거절하기는커녕 지름길로 여겼을 것이다. 물론 부정한 돈이라고 신문에 난 도합 백억 원대의 거금을 박 원사가 혼자서 전부 꿀꺽했을 리 만무하다. 등급을 판정한 군의관에게도 일부를 주었을 것이고, 켜켜이 연결된 관련자들에게도 나눠주었을 법하다. 그들은 먹이사슬의 행태로 인간관계 운운하며 비리에 유착했을 것이다. 자기 자신이 소속된 군대조직에도 상납을 했을 게 아닌가. 돈은 돌고 돈다는 말은 틀린 말이 아니다.

그런 박 원사는 소위 돈방석에 앉아 십 수 년을 계속 보직순환도 없이 병역비리 전문기술자가 된 것이다. 교묘한 수법을 더 갈고 닦아서 병역비리수법에 있어서 무형문화재가 된 게 아닐까.

박아무개 원사. 짧은 생애의 몇 십 년을 호강하기 위해 벌인 장난에, 남은 일생과 죽은 다음에도 씁쓸한 군인으로 기억될 것이다.

장마철은 돌아오고

잠에서 깨었다. 자정이 다 돼가는데 '우르르 쾅' 하는 소리와 함께 섬광이 번쩍번쩍 지나갔다. 억수로 퍼붓는다. 빗소리가 길바닥을 때리는 소리가 하도 요란하고 크게 들렸다. 모든 것을 다 물속에 던져버려서 둥둥 떠내려가게 하거나, 깊이 수장시켜버릴 것도 아니건만 장맛비의 엄포는 요란하다. 쨍쨍한 햇볕이 풀썩풀썩 흙먼지를 날린 지가 바로 어젠데, 땅바닥은 무슨 죄가 있을꼬.

애완견 '예삐'는 깽깽 짖고 이리저리 뛰며 난리다. 나는 발코니의 수채 구멍이 생각나서 거실 문을 열고 나갔다. 거리에 억수로 쏟아지는 빗줄기가 나트륨 등 불빛 아래 냇물처럼 흘러갔다. 지구의 온난화가 계속될 거라더니, 올해에는 웬 장마가 늦게까지 성화인지 모르겠다. 늦여름에 비가 많이 오면 흉년이 들어 그 해 겨울은 유난히 춥다고 했거늘, 요즈음 인간들의 짓거리가 너무나 꼴사나워서 하늘이 노하셨나보다.

하늘은 지금, 이 시간에 울부짖는 동물들의 가슴 속으로 번쩍거리는 그 긴 창을 푹 찔러주려는 것인가.

발코니의 창문에 붙어있는 모기장을 뚫고 빗방울이 틈입하고 있었으나 아직은 아무렇지가 않았다. 수채 구멍을 마른 걸레로 틀어막고 위에 수석으로 눌러놓았다. 큰비만 오면 습관처럼 이 짓을 하는 것도 지겹다. 아파트를 지을 때 어찌 된 까닭인지, 조금만 큰비가 쏟아져도 아래쪽 배수관에서 이곳 4층까지 물길이 역류하여 콸콸 솟구치는 것이다. 정말 알다가도 모를 노릇이었다. 건축 설계에 문외한인 내가 막연히 생각해보건대, 장마철에 내리는 빗물의 양을 계산하지 않고 주먹구구식으로 배수관만 뽑아서 아무렇게나 연결시켰던 모양이다. 아니, 내외관은 번지르르한 고급 옥색 타일과 황토벽과 원목마루판을 발라놓고 배관은 그 모양을 해놓았다니 가관이 따로 없다.

무거운 비구름은 더욱 새까맣게 몰려와 하늘은 낮

게 드리워졌다. 대기로 유입된 수증기가 태풍과 저기압 사이에서 폭발하여 물벼락을 퍼부었다. 시골에 사는 친척의 말을 들으니 비가 너무 많이 와서 올해 농사는 망했다는 푸념을 했다. 먹을거리를 책임지는 농사가 잘 되어야 인심의 바닥이 평평할 게 아닌가. 후줄근하게 젖어가는 사물들은 그저 맞을 뿐이다. 후끈한 지열이 수증기를 만들어 땅에 쏟아 붓고 개면 바람으로 날린다. 자연은 순환으로 다시 돌아오고 나도 그 순환의 주기 속에서 생명체의 티끌로 마감할 것이다.

내게서 잠이 쫓겨나고 일어난 김에 텔레비전 뉴스를 보았다. 게릴라성 집중호우는 전국을 돌아다니면서 엄청난 물세례를 퍼부어 집과 시설물들을 파괴하고 있었다. 한반도 상공은 구멍이 뻥 뚫려서 빗물이 쏟아져 사망자와 실종자는 물론, 이재민의 피해가 계속 늘어나는 모양이다.

자연을 알고 대처한다는 사람들의 지혜가 이 꼴이다. 특히 풍광이 좋은 계곡 근처에 새로 지은 집이나 펜션들이 급류에 휩쓸려간 피해도 많다는 것이다. 날 좋은 때만 생각하고 지은 탓이리라. 산은 높고 물은 아래로 흘러서 결국 바다로 가지 않겠는가.

안양천의 제방 둑이 터져서 부근 양평동 일대에 주민대피령이 발령되었다는 소식이다. 그곳을 비롯한 서울 시내의 몇 군데는 상습침수지역인데, 몇 년 동안 별 일이 없었으니까 방심했을 수도 있고, 비가 예측불허로 급하게 많이 내렸다는 핑계를 대면 또 지나갈 것이다. 당장 나의 일이 아니면 망각하기 쉬운 시민들이 많으니.

장마철이 지나면 되풀이되었던 악몽은 아릿하게 잊혀져버리고 만다. 피서객들의 자동차행렬은 주차장을 방불케 할 테고, 거대한 도시는 더욱 달궈져 후텁지근한 상태로 평소보다 더 처져 있을 것이다. 그건 평화로움도 아니고 잠시 휴전 같은 적막일 뿐이다. 이사철이 오면 한강수계와 인접한 천호, 반포, 압구정, 목동, 일산 지역의 아파트값은, 산동네들보다 천정부지로 뛰어오를 것이다. 나 역시 물먹은 신문지마냥 바라만 볼 수밖에.

동남아시아에서도 해일이 몰려와 사상자가 수십만 명에 달했다고 한다. 천재지변인지, 인간들이 단초를 야기했는지는 모르나 아비규환까지도 인류의 몫으로 남는다.

— 지구 안에 있는 모든 생물권과 무생물권이 서로 교섭하여 적절한 대기를 조성하고, 온도의 항상성을 유지해야 한다. 그러나 무분별한 온실가스의 배출로 그것이 깨졌다. 이제 온난화로 균형을 잃어 치명적인 환경의 변화가 대재앙으로 닥칠 것이다. 인류는 악조건이 된 지구에서 근근이 목숨을 유지하는 소수의 종으로 전락한 다음, 수백만 년에 걸쳐 서서히 자신을 회복할 것이다. 영국의 과학자 제임스 러브록이 제시한 '가이아(Gaia, 대지의 여신)의 이론' 요지다.

인류가 재앙을 멈추기 위해서는 대자연을 깔아뭉개는 지금의 방식이 아닌, 자연을 원래대로 놔두어야 한다는 것이다. 인간 자신들이 지구의 주인인 양 착각하여 물질문명에 중독되다보니, 자연적인 근원에서 발생하는 이치를 미처 깨닫지 못했기 때문이다. 마치 바벨탑을 쌓아 올라가면 하늘 끝에 도달할

듯이.

인류가 평면적 활동을 했던 시기에는 모든 재앙을 신에게 하소연했을 것이다. 이제는 누구에게 한계성에 직면한 우리를 간절하게 기도해야 할까. 우주의 무한한 확장성은 더 이상 지구가 인간의 지배영역만도 아니라는 걸 인류에게 각인시켰다. 지구는 편협하고 우주는 더 무한한데, 인간의 자아는 어떤 성찰을 해야 하는가. 우주를 지배할 수 없는 요원한 상태에서 과학은 인간을 더 나약하게 만들며 절망감마저 안겨준다.

그런 일들을 생각하면서 불안한 느낌이 섬뜩하게 다가오는 이유는, 갈수록 대도시에서는 인재人災의 확률이 클 수밖에 없고 피해의 범위가 광범위하다는 점이다. 도시화된 땅에서 사육동물처럼 길들여진 인간들에게는 순간순간이 위태로울 수밖에 없다. 도대체 모래 위에 쌓은 집에서 무슨 안정을 기대할까. 하긴 인류의 진화와 발전도 우주 안에는 미세한 터럭에 불과한 것을.

비는 잠깐 그쳤다. 빗물을 잔뜩 머금은 느티나무들

이 짙푸른 빛으로 칙칙하다. 습윤한 바깥에 못나가는 아이들이 아파트 복도에서 소리를 지르며 뛰어논다. 이제는 아이들도 인조의 그늘에서 사육되어지는 게 아닌지 모르겠다. 검은 구름조각들은 좁은 나라의 이곳저곳을 게릴라처럼 헤집으며 요동발광이다.

아직까지 인류는 원소가 내미는 신성한 자연을 친화하지 못하나보다.

불과 물. 공기와 흙.

서울은 천당이다

　갈수록 서울로만 몰린다. 이런 말을 실감하려면 아침저녁 출퇴근 시간대에 지하철 2호선을 타보면 된다. 서울시 내부를 한 바퀴 도는 이 순환노선은 각 노선과 연결된 환승역이 많다. 그래서 지하철 중 가장 많은 승객을 실어 나른다. 차량의 배차간격이 짧은데도 차량과 차량사이는 충돌 일보 직전이다. 그럼에도 운행간격이 벌어지면 차를 타려고 줄서서 대기하는 승객들은 금세 늘어난다. 용케 차 안으로 들어갔다고 해도 안심은 금물이다.

　문제의 지옥철은 그때부터다. 승객들이 뱉어놓은 질소는 그렇다 치더라도, 마치 사람들을 모아서 기름이라도 짜려 하듯 서로가 밀어붙이는 압박감은 이루 말할 수 없는 지경이다. 마치 종량제 봉투에 쓰레기를 채우려고 발로 꽉꽉 밟는 거나 진배없다. 알몸 위에 두어 겹 걸친 섬유로 인간과 짐승이 구분된다 하나, 밀고 당기고 눌릴 때면 남녀노소가 따로 없고 불쾌감은 이미 잊어야한 지 오래다.

가끔 가방을 들고 탈 때가 있다. 그런데 승객들에게 밀려서 몸을 가누지 못하고 몸은 몸대로 가방은 가방대로 제각각 늘어져 있는데, 어떤 젊은 여성이 머리를 휙 돌리며 매서운 눈초리로 나를 쏘아보는 것이다. 나는 무척 황당했다. 가만히 생각해보니, 내 가방이 그녀의 궁둥이를 건드렸던 모양이다. 힘을 주어 사람들 틈새에서 가방을 빼어냈지만 마음이 편치 않았다. 오해라는 건 일이 발생되고 나서 느끼는 것 아닌가.

이쯤 되면, 남녀노소가 서로 몸을 부대끼는 창피함은 고사하고 목적지에 다다르고자 하는 절박한 심경은 물론, 어서 빨리 내려서 바깥공기라도 마시고 싶은 것이다. 그러나 역 바깥으로 나가도 주차장처럼 밀려있는 자동차의 행렬과 매연, 경적소리가 기다리고 있다.

몇 년 전, 이웃 나라 일본 도쿄 지하철역 구내에서

독가스가 살포되어 수천 명이 질식하고 몇 명인가 죽은 사고가 발생한 걸 기억한다. 전철역마다 넘치는 인파를 보면, 사람이 사람에게 무서움을 느끼게 된다.

뿐이랴, 전철 한 칸에는 노약자석 12석, 일반석 42석으로 장애자의 휠체어 공간을 감안한다 해도 노약자석과 일반석의 비율이 대략 1대 3.5이다. 그런데 요즈음 노약자석이 넘쳐 일반석까지 점점 노인들이 많이 앉는 것을 보게 된다. 그만큼 노령화가 빠른 속도로 증가하고 있다는 증좌다. 이웃 일본처럼 닮아가는 것이다.

문제는 비생산적인 그 인구들이 늘어나 할 일도 없이 도시의 이곳저곳을 가득 메우고 있다는 것이다. 종로3가역이나 한약가게들이 밀집된 제기동역에는 아예 공짜표를 매표구 바깥에 놔둘 정도이다.

좁쌀만 한 개미 한 마리에는 놀라지 않는 사람도 빵조각에 시커멓게 붙은 개미떼를 보면 전율하지 않던가. 집단의 연계가 종족번식의 살아남기에 기여했겠지만, 스스로의 대립과 투쟁에서 빚어지는 갈등을 심화시키고 있다.

세상은 확실히 바뀌었다. 불과 몇 십 년 전에 전국을 누비고 다니는 대부분의 버스들은 흙먼지 풀풀 날리는 신작로를 달렸다. 농업을 비롯한 1차 산업이 사람들의 목구멍을 책임졌던 시대였다. 그 시기에는 시골이나 도시이거나 사람들의 삶의 행태가 거의 비슷비슷했고 소득의 불평등이 크지 않았다.

경제발전이 사람들의 가치관으로 자리를 잡기 시작했다. 인구의 유입은 블랙홀처럼 자꾸 사람들을 상공업화한 도시로 불러들였고, 한번 들어온 사람들은 자식을 낳고 자식은 또 자식을 낳아서 도시인이 되었다. 거듭된 인구의 밀집현상이 더 심화된 까닭에는, 서울에 있는 교육시설에서 교육을 받은 자가 결국 모든 출세를 보장받을 수 있다는 현실이 작용했다. 대학이 공부보다는 신분상승의 척도가 되어버린 지는 이미 오래다.

몇 년 전, 지방도시에서 살 때의 일이다. 서울 소재 대학에 들어간 아이의 하숙집을 구하려고 하루종일 헤맨 적이 있다. 몇 십 년을 살았던 곳이었지만, 다시 방 한 칸을 구하기가 그렇게 어렵다는 사실에 힘이 들었다. 다행히 괜찮은 집을 구했고, 아이도 학교를 졸업을 하여 추억이 되어버렸지만 고생깨나 했었다.

그때나 지금이나 지방에서 서울로 유학을 보내는 건 부모에게는 무척 힘겹다. 대학졸업증이 운전면허증만큼 흔하디흔한 세상이 되었지만, 좋은 직장에 취직을 하려면 서울 소재 대학교라야 은연중 선택받을 확률이 크다는 건 알만 한 사람은 다 안다.

서울은 꿈이 이루어지는 파라다이스다. 내일은 어떻게 될망정, 오늘의 달콤한 향기가 지속적으로 사람들을 유혹한다. 일단 사람들은 편하고 좋은 점에 대하여 끌리게 되어 있다. 힘들게 집을 구입해도 값이 많이 오르고 인간관계에서도 시골의 혈연이나 이웃처럼 남의 눈치를 볼 필요가 없다.

그러다보니 한번 서울에 발을 붙인 사람들은 빠져나갈 생각이 별로 없다. 오히려 시골에서 경제적으로 힘든 이들이 막노동의 일자리라도 구해보려고 서울로 온다. 내일 서울이 와르르 무너진다고 해도 악착같이 밀려들어온다. 남한의 전 인구 중 절반이 수도권으로 몰려들었고, 점점 더 증가하고 있다. 신도시를 계속 조성하는데도 집은 모자란다. 베드타운의 기능만 갖춘 도시는 날로 확산되어 서울은 수도권으로 광역화되어 거대한 서울공화국이 되어버렸다.

사람이 몰리다보니 땅값은 턱없이 오르고 건축비까지 덩달아 오르니까, 집 장만하기가 하늘에 있는 별 따기와 진배없다고들 한다. 이제 오래된 도심을 재개발하려는 발상을 뉴타운이라고 명명하기에 이르렀다. 낡은 저층주택을 밀어내고 초고층 아파트를 짓는 일이다. 어차피 갈수록 인구는 조밀해지니 더 높이 빽빽한 건물들을 지어 도심을 만드는 수밖에 없을 것이다.

내려다보기에도 아슬아슬한 50~60층에 산다는 일이 자연스럽게 된 이 마당인지라 편리성만을 추구하는 세태는 당연한 노릇이다. 벌이나 새처럼 날개가 달려있지 않아도 초고속 승강기에 매달려 오르락내리락하는 게 이제는 인간의 습성처럼 되어버린 지도 오래다. 혹시 전기가 갑자기 끊겨 승강기가 멈춰버린다는 불안한 생각은 전혀 하지도 않을 것이다. 하긴 무릎관절이 시원찮은 어린아이나 늙은이들이 걸어서 60층을 오르내린다고 가상해보라. 아찔할 일이다.

추운 날 밤 서울역 지하도에서는 어떤 일이 벌어지고 있는가? 삼십여 명은 족히 되는 사람들이 벽 가까운 바닥에 하얀 단열재를 깔고 신문지를 덮은 채 잠들어 있다. 담요나 얇은 이불을 감고 있는 사람들은 벌써 그 생활에 적응되었거나 영악한 이들이다. 그중에 몇이서 소주병을 까고 있는 이들은 대단한 편이리라. 그래도 뒹굴거나 잠자는 이들은, 쌈질하는 이들보다 더 인간답다. 더욱이 역 광장을 지나서 계단 아래나 대합실 한쪽에 있는 이들은 공안원의 눈초리 때문에 잠을 설칠 것이다. 봄은 멀리 있는데, 겨울이 안 추울 리 없고……. 이름 하여 노숙자.

'서울에 살 능력이 없는 사람들은 떠나라.' 서울에서 살지 못하면 모든 면에서 낙오병이 되어버릴 위험성이 있으므로 어떻게 하든지 밀려나지 않아야 하고, 어렵게라도 버티고 살아야하는 것이 지상의 명제가 되었다. 이제 어떤 통치자도 그 폐해의 심각성을 이해하고 있지만 쉽게 해결할 수 없는 지경에 이른 것이다. 왜냐? 무슨 선거를 하든 전국 유권자의 거의 반이 수도권에 살고 있다는 현실을 부정할 수 없기 때문이다.

불특정 사람들과 얽히고설키는 사회에서는 도덕적인 질서보다는 법체계적인 질서로 통제된다. 내게 불편하게 만든 불특정 다수에게 적의를 품는 순간순간 그들은 적이 되어버린다. 다중은 범법자에게 목표가 되며 인질이 되고 명분도 뚜렷하지 않은 희생자가 될 수 있다.

많은 사람들이 꿈틀대며 살아가고 있으니까, 죽은 사람도 늘어나는 게 당연한 거 아니냐고 할 수도 있다. 불특정 다수에 자기 자신은 해당되지 않는다는 안이한 마음을 갖고 있으면 좋을 것이지만……. 그 허위에 찬 자만심에는 공포심이 내재되어 있지 않을까.

날이 갈수록 대도시는 비정한 정글이 되며, 서로는 이해득실에 따라 피아의 구분을 짓는다. 인적이 드문 시골 길에서 생면부지의 사람 모습만 보아도 정겨운 시대는 아니더라도, 사람들 모두가 혐오의 대상이 될 수 있다는 걸 어떻게 말하랴.

인구의 폭발적 증가는 인간관계를 삭막하게 한다. 누구나 상대적 비교에서 우월하려는 본능을 가지고 있다. 같은 시대를 살면서 문화적 기반시설과 경제적 여

건이 덜 된 지방보다는 서울에 남아서 더 많은 이득을
누리려는 건 당연하다. 그러다보니 남의 불행이 나의
행복으로 환원되는 경우도 있어, 그걸 기대하는 심리
를 더욱 부추기는 현상마저 생긴다. 그렇다고 이제 서
울은 사람들에게 꿈과 기대만을 주는 것도 아니다.

　전혀 예기치 않은 불안과 실망도 주고 있다. 불특정
다수에게 가해지는 압력 또한 피할 수 없다. 국보 1호
숭례문에 불을 지른 늙은이는 땅값 보상 재판결과에
불만을 가지고 휘발성물질을 뿌렸다고 하질 않던가.
문화재를 지니고 있으려면 문화인이 살고 있는 도시
라야만 가능하나보다. 이제 서울은 화려한 대신에 서
로 짓밟히고 큰 사건이 뭉텅이로 불거지는 일에도 누
구 하나 눈 깜짝하지 않는다. 서울은 포화상태로 들
끓고 있다. 그런데도 사람들은 여전히 서울로만 모인
다. 오랫동안 서울은 권력이었다.

　시민들은 날마다 위태로운 지경을 당하면서도 그
심각성과 폐해를 모르는 척하려 한다. 언젠가 닥쳐올
각종 거대 도시적 재앙에 대하여도 무방비상태이다.
불안을 애써 외면하면서 키우고 있는 지경에 이르러

거대도시는 어디서, 무슨 일로 터질지 모른다.

어떤 나라, 어떤 도시도 흥망성쇠를 피할 수는 없다. 잉카제국이나 폼페이의 몰락은 물론, 로마제국과 진나라에서 볼 수 있잖은가. 도시는 사람들에 따라서 일구어지는 터전이기 때문에 그렇다. 인간이 없는 도시는 존재하지 않겠지만, 인간성을 상실하게 만들어 황폐하게 한 도시 또한 번성하지 않을 것이다. 영원한 것이 어디에 있겠는가.

무더운 날의 추위

　최전방 벙커 내무반에서 전우 여덟 명을 죽인 사건이 일어났다. 같은 아군들을, 또래의 전우를 자동소총으로 드르륵 갈겨버리고 수류탄을 까서 던져버림으로써 무더위를 한방에 날려버린 것이다. 병사는 전우들에게 소위 왕따를 당했던 모양이다. 어쩌면 거친 젊은 남성들만 바글바글 한 24시간을, 1년 365일 동안이나 지내는 폐쇄된 공간에서 있다보면, 눈앞에 적군과 대치하고 있다는 긴장감마저 잊어버릴 수도 있다.

　순간적으로 돌아버린 병사는 타인들을 같은 인간으로 인식하지 않았을지도 모른다. 가끔 우리는 우리가 상식적으로 납득되지 않을 때가 있다. 인간을 신의 경지에 끌어올렸다는 자화자찬이 얼마나 위선인가를 보여주는 일이, 동물에서 출발한 원죄를 잊고 있거나 자만한 일을.

버스에 내려서 걸어오다가 구두 뒤창이 떨어져 나갔다. 손가락 두께만 한 구두창을 별거 아닌 것으로 알고 지낸 것이 부끄러웠다. 똑같은 구두 두 짝에서 한 짝의 뒤창이 없어지자 갑자기 절름발이가 되었다. 너덜거리는 구두의 혓바닥이 발에 겹쳐서 거치적거렸다. 전혀 박자가 맞지 않는 발걸음이 무척이나 부자연스런 것은 말할 것도 없고, 금방이라도 앞으로 고꾸라져 버릴 듯했다. 발뒤꿈치만도 못하다는 하찮은 것이라는 말은, 앞으로 삼가야 마땅하다.

집에까지 가는 오백 미터 남짓을 뒷골목으로 잡았다. 땡볕은 사정없이 내리쬐고 있는데 누군가의 집 앞에 버려진 쥐 한 마리. 벌렁 누워 뻗어버린 배때기에는 콩알만 한 파리 떼가 새까맣게 붙어서 양분을 빨고 있었다. 네발 달린 동물의 몸은 누추할 대로 망가져 날벌레들의 먹이로 제공되고 있었다. 그걸 슬픔이라고 해야 하나 어쩌나. 살아있는 것들은 죽어버린 사체를 보면서 자기 자신을 반추한다.

네 겨드랑이를 벌리고 세상모르게 누워있는 그 변

형된 물체는, 오가는 이들의 발바닥에 납작하게 비벼
져서 아주 얇은 포가 되거나 치워져 쓰레기와 함께 파
묻히겠지.

가끔은 차량의 타이어에 깔리고 밟혀서 납작한
신발바닥처럼 말라붙은 개나 고양이의 사체도 눈에
띈다.

아, 그래도 태평성대太平聖代에는 하찮은 쥐조차 제
자리로 갈 것이다. 어지러운 불면의 시대에는 죽은
쥐보다 못한 사람들이 얼마나 많을 것이랴.

나는 혼이 증발되어 만신창이가 되고 만 그 조그만
동물의 사체에서 스스로 억울했던 사람들의 생각을
줍는다. 아우츠비츠 수용소와 캄보디아의 폴포트 정
권, 관동군 731부대에 집단으로 희생된 인간들이 떠
오른다.

이 뜨거운 염천에 총알에 박히고 세열수류탄 파편
조각에 박혀 비명횡사한 병사들의 모습이 떠오른다.
통기타를 치거나 책을 들고 등나무 그늘에서 『젊은
베르테르의 슬픔』을 웃음으로 읽어야 할 젊은이들이
죽었다. 일 계급씩 추서하여 국립묘지에 묻어버리면

잊혀져버리는 세태는 여전하다. 전쟁으로 죽거나 사고로 죽거나 아까운 젊은이들이다.

　나 또한 머잖아 흙의 미립자로 돌아갈 것이다. 물체에 혼이 깃들면 아름다운 생명이 되는 건 나도 안다. 날씨는 점점 더 후텁지근하고 장마는 곧 다가올 것이라는데, 그 죽은 쥐의 사체는 누가 치웠을까.

세상은 변하는데

남과 북의 정상회담으로 언론이 시끌벅적했다. 벌써 십 수 년 전의 일이 바로 어제처럼 생생하게 기억이 났다.

그때 나는 차 안에서 라디오 정오뉴스를 듣고 있었다. 아나운서는 남북정상회담에 관련된 소식을 전하고 갑자기 "방금 들어온 긴급뉴스를 말씀드리겠습니다"라고 서두를 붙였다. 북한의 김일성 주석이 이틀 전 두 시에 죽었다는 것이었다. 남한 전역에서는 그 소식이 최초의 공식보도였을 것이다. 이후 시간에는 텔레비전에서도 계속 방송을 했고, 이튿날 조간신문에는 박정희 대통령 유고 때처럼 주먹만 한 제목이 찍힌 기사가 나왔다.

사실 김일성 같은 독재자를 만든 데 일조한 것은,

강대국의 입김도 있었겠지만 그 시대에 함께 살았던 무지한 그쪽 인민들에게도 있을 것이다. 첨예한 강대국들의 이해관계와 한 사람의 독재자가 개입된 역사 때문에 60년 가까운 세월을 우리 모두 아팠고 지금도 아프다.

대체적으로 언론은 흥분하지 않고 "이로써 분단 반세기를 반쪽 이념으로 반쪽 땅을 막아 지배했던 통치자의 시대가 간 것이다"라며 매듭을 지었다. 그러더니, 또 하루가 지나면서는 슬슬 후계자의 정치구도와 남북통일을 앞당길 수 있는 기회가 도래하였다는 둥 서서히 김일성 죽음에 관한 인생허무의 논조를 한쪽으로 밀쳐두는 것이었다.

하기야 대저 사람의 죽음 그 자체는 누가 죽었건 허무하게 마련이다. 역사는 항상 살아있는 사람들의 것이니 만치 과거보다는 현재가 중요하고 미래 또한 중요한 것은 당연한 일일 터. 반세기를 황제처럼 군림하다가 자식에게 물려주고 여든두 살을 살았다면, 흔히 말하는 호상이다. 보통사람들이 죽음에 임하는 평균 나이를 넘은 것이다.

옛날 왕조시대에나 지금이나 통치자가 죽었는데 측근들이 슬퍼하는 것은, 이해득실과 자기 자신의 처지를 생각하기 때문일 터이다. 다만 백성들이 그때그때 감정에 충실한 까닭은, 자신들의 삶을 지배했던 통치자들에 대한 무거웠던 느낌들을 털어내는 것이다.

언젠가 죽을 것이라는 건 세상의 이치인데, 만약 여든둘의 늙은이가 중국 전설의 '동방삭' 처럼 오래오래 살아서 세상을 계속 호령할 줄 알았다면, 그쪽 2,200만 인민들은 종교적 믿음에 빠져있는 대단한 일이었을 것이다. 인간에게 죽음이라는 종말이 없다면 세상은 어땠을까. 죽음이 있으므로 역사의 비극이 생겼다는 역설도 없지 아니하지만.

인생무상이다. 저쪽과 이쪽에서 죽은 당사자를 평가하는 잣대는 다를 수밖에 없다. 인간은 끝없을 것 같이 있다가도, 죽음이라는 저점에 왔을 때에야 부질없음을 안다던가. 수많은 동족들의 가슴에 못을 박았던 한 시대의 인물에게, 신이 있다면 신은 무어라고 할까.

그리하여 아바이께서는 모든 인민 중 가장 믿을 수 있는 큰아들에게 전권을 물려주었다. 아니, 이미 죽기 오래전부터 작업을 진행해왔던 것이다. 아무튼 아바이의 시대가 그의 아들 시대로 넘어왔다. 아들의 시대에도 전체 인민들의 열광이 지속된다면 또 그 아들의 아들로 이어질지는 모르겠다. 그러나 사람들은 앞으로 시간이 얼마만큼 흐르고 세상이 달라지면 그때의 시점에서 또 말하게 되리라.

이쪽은 또 대통령이 바뀌었다. 우연의 일치인지 바뀐 이쪽 대통령의 성씨는 저쪽과 같은 김씨이다. 저쪽도 후계자 상속에 문제가 없었는지 여태껏 그대로 내려왔다. 저쪽에서 선발된 선수가 저쪽 팀의 대표라는 건 인정해야 한다. 아무튼 현실은 현실이니까.

대통령이 바뀌고 나니, 정상회담 문제가 솔솔 대두되었다. 저쪽에서 회담날짜를 하루 연기하겠다고 통보하여 야당에서 외교상의 무례함을 꼬집는 어수선함이 있었지만, 남과 북은 휴전 후 처음으로 6월 15일 평양에서 정상회담을 했다. 쌍방의 파트너가 바뀌니까 정상회담을 해도 부담이 적었을 것이다. 신

문과 방송은 한반도 평화정착과 이산가족상봉, 경제
협력을 바탕으로 통일로 나가는 합의를 이루어냈다
고 보도했다.

사실 누구를 위한 이념이었느냐고 자문해보면 어처
구니없는 동족상쟁의 세월이었다. 강대국들의 잣대
와 무지했던 지도자들과 몽매한 백성들이 맞물린 시
대였다.

지구상에 반목과 질시로 갈라서거나 전쟁을 하여
터진 쌍방은 많았다. 그것이 이념이건 종교분쟁이건
민족차별이건 간에, 사람들끼리 화해할 수 없어서
일어났을 것이다. 그러다가 시간이 지나면 어떤 변
수가 작용하여 봉합되거나 천천히 회복되는 경우가
있었다.

공산주의가 실험으로 끝난 지금에 와서도 서로 악
악거려서야 이건 말이 아니다. 사람들은 삶을 현실에
서 판단하고 이해하려 든다. 시대가 변하면서 사람들
도 변했다.

그 무렵 5월 어느 날, 비가 주룩주룩 오고 있었던
점심 무렵이라고 기억한다. 서울 강남의 한 음식점

앞에 아침부터 나이가 지긋한 손님들이 몇 백 미터의 행렬로 늘어서 있었다. 평양의 냉면 전문점인 '옥류관'이 서울지점을 개장하여 문을 열었기 때문이다. 실향민이 대부분인 이 분들은 고향에서 맛보던 냉면 한 그릇을 먹어보려고 예비순번표를 받아든 채 몇 시간을 기다렸다. 아마 이들이 기다렸던 것은 냉면이 아니라 50년이나 남쪽에 살면서 꿈에도 그리던 고향 냄새와 맛이 아니었을까싶다. 우산을 받쳐 들고 비를 맞은 행렬은 며칠간이나 계속되었다.

　양쪽 정상은 우선, 이산가족으로 불리는 나이든 분들의 초조함을 이해해야 한다. 그분들은 일생동안 통한의 세월을 살아온 동족들이다. 당신들로 인하여 수많은 동족들의 삶은 제대로 굴러가거나 역주행을 할 수도 있다. 후세의 역사가 양쪽 지도자인 당신들을 어떻게 평가할지는 당신들이 사심을 버리느냐 버리지 않느냐에 달려있다.

　그리고 또 다른 대통령은 임기 마지막 해에 휴전선을 통과하여 평양에 도착했다. 남북 우두머리들은 2

박 3일 동안 10개 항의 남북협약에 서명했다. 야당에서는 가장 중요한 핵문제가 빠져있다고 볼멘소리를 했다. 역사도 진화하는 것일까. 그렇지만 개성공단에 대해서는 양쪽이나 야당에서도 시시비비가 없는 걸 보니 괜찮은 정책인가 보다. 이념보다 밥과 생존을 시대의 화두로 설정하고 보니 쌍방의 이해가 맞아떨어진 것일까. 이제는 정말로 동족 간에 전쟁이 없고 평화로운 시대가 되는지 기대를 해도 좋을까.

양쪽 지도자가 핏줄과 역사의 준엄한 인식을 공유하여 외세에 의한 분열이 다시 봉합되고 수천 년 민족의 역사가 그대로 이어져 전개되면 좋겠다. 주변 강대국들의 틈바구니에서 지렛대 역할을 한다는 건 이론상으로나 가능했다. 그러나 통일된 우리의 의지와 지도세력의 현명한 역사의식이 있다면 못할 것도 없을 것이다.

통일은 우리가 원하는 대세지만, 쌍방 간에 대화할 수 있는 여건과 자세는 아직 미숙한 상태라고 본다. 한 세대가 희생할 각오로 정지작업을 제대로 해야 한다. 핏줄끼리의 감정과 자존심 싸움은 서로 도움이 안 된다. 예전이나 지금이나 강대국들의 입장은 변한 게 없다. 우리의 통일을 원하지 않는 주변국들이 있다는 게 냉엄한 현실이다. 이제 양쪽의 백성들은 냉정한 사고로 다시 역사를 만들어야한다. 되풀이되는 실수를 하지 말고 우리의 후손들이 자랑스럽게 여기며 인간다운 삶을 영위하는 새로운 세상을 만들어야 한다.

개소리 1994

올해는 사뭇 이상한 분위기가 토인들의 동네들을 감돌았다. 더구나 날씨마저 여느 해와 달랐다. 햇볕은 쨍쨍하고 마른 바람만 후끈 불어 야자수 이파리들이 코끼리의 귀처럼 축 늘어졌다. 헐떡거리는 우리의 혓바닥도 한 자나 빠져있었다. 긴장이 증발한 까닭이다. 매년 이맘때는, 우리에게는 어김없이 도살장으로 끌려가는 공포의 계절이었다. 그럴 적마다 우리는 신세를 한탄하는 수밖에 별 뾰족한 도리가 없었다.

며칠 전만 하더라도 그들끼리 늘 하던 짓거리에 열심이었다. 땀을 찔찔 흘리며 살갗을 빨고 비비면서 종족번식에만 전력투구하던 토인들이다. 그런데 썰렁한 기운이라니. 그들이 하는 말을 들어보면, 곧 전쟁이 일어난다는 것이다. 듣자하니 전쟁이란 것은, 저들끼리 떼거리로 서로 물어뜯고 죽이는 행위를 일컫는 모양이었다. 분위기로 보아서는 금방 터질 듯 온 동네가 뒤숭숭했다. 알 수 없는 일은, 늙은 토인들의 충혈된 눈은 긴장의 빛이 역력했는데도 젊은 것들은 방망이를 휘두르는 운동쯤으로 아는 것 같았다. 다만 몇 년 동안 내동댕이쳐 놓은 피난연습을 한답시고, 추장 패거리만 어수선했다.

거리에 노점상을 벌여놓은 토인이 아가리로 뱉었다.

"야, 전쟁이 나면 나만 죽냐? 다 작살나지. 니기미 쓰팔!"

그러나 그도 잠깐이었다. 큰 동네의 추장들끼리 귓속말로 소곤거렸는지 어쨌는지, 정세는 주춤거렸다. 동네의 게시판에는 어느새 또 다시 강간, 폭행, 절도, 사기 나부랭이의 내용으로 도배되었다. 물론 지난 번 추장들의 집권 당시 뇌물사건의 전모까지 벽면을 꽉꽉 채우고도 남았다.

아무튼 전쟁 분위기는 차츰 가라앉은 것처럼 보였다. 거리는 다시 시끌벅적했고, 그들의 입방아는 거듭거듭 시끄러워졌다. 입술이 튀어나온 토인은 새로 선출된 추장의 험담을 입에 올리기도 했다. 추장이 달포 전에 한 연설과 일주일 전에 한 말, 그리고 오늘 발표한 발언이 제각각 따로 논다는 것이며, 덩치가 큰 백인 동네의 추장 눈치 보기에 바쁘다는 것이다.

토인들은 오랜 세월동안 전쟁의 공포와 삶에 지치다보니, 냉소적으로 변한 것이 틀림없었다. 그래서 모든 일을 자기 자신에게 맞게 비교하며 자위하는 버릇에 길들여진 탓이었다. 어느새 거리는 웃음소리가 햇볕에 녹아났다. 오직 오늘만 있고, 내일은 내일 가서 부딪치겠다는 흐름이 넘치고 있었다. 호호호, 낄낄낄, 후후, 히히히, 에헤헤, 으흐흐…….

하긴 추장이란 놈들도, 동네란 것들도, 없어지고 나면 생기고 했으니만치, 되는대로 살다가 죽어버리면 그만 아니었던가. 그렇다. 그렇고 그런 세상에 전쟁은 무슨 말라비틀어진 뼈다귀며, 추장의 무책임과 무정견한 발언이 무어 대수로운 것이란 말인가. 토인들에게 당장 필요한 것은, 적당한 어둠과 쾌락을 줄 수 있는 갖가지 재미만 있으면 되었던 것이다.

불과 이태 전에 정통성이 없어서 내쫓긴 추장이 다시 그 자리를 벼르고 있는 호기로움도, 확실하게 선출된 지금의 추장이 갈팡질팡한 일도 따지고 보면, 토인들의 금방 잊어버리는 건망증 때문인 것만큼은 분명했다. 추장이란 놈들이 오랫동안, 자신들의 거시기에만 온통 정신이 팔려있는 동안에도 지구는 빙글빙글 돌아갔으니까.

그나저나 토인들의 모든 일상생활이 원래대로 돌아갔으니 이제 우리가 긴장이 된다. 달달 떨리고 오금이 저린다. 한지붕 밑에서 생사고락을 함께해온 식구임에도 우리의 운명은 토인들에게 달렸다. 왜냐하면, 그들이 네발 달린 우리를 뜯어먹는 연중행사가 시작될 일이 뻔하기 때문이다. 날씨조차 우리의 편은 더욱 아니다. 더위와 가뭄으로 푹푹 찔수록 우리가 캥캥거리는 단말마의 비명은 도처에서 계속될 것이다.

오랜 내림으로 물려온 맛 때문인지, 또 다른 요상한 속설 때문이리라. 담백한 우리의 살점을 먹으면, 토인 수컷들의 가운데 다리는 용기백배하여 금세 저돌적인 로마군단의 창끝처럼 된다는 것이다. 그리하여 토인 암컷과 더불어 까슬까슬하고 짜릿한 황홀감을 얻는다는 속설이 난무했다.

무더운 날씨는 여전히 털과 몸을 끈끈하게 했다. 흔한 소나기마저 지나가는 낌새조차 없었다. 이 며칠은 하도 더워서 역사며, 사상이고, 나발이고, 그런 고급스런 말조차 꺼내는 토인을 보지 못했다. 세상의 이치는 거의 다 그런 것이리라.

궁금한 것이 있다. 혹시 전쟁이 일어나면 어떻게 되는가? 누가 이기든 간에 지고 죽는 쪽 역시 당연히 있을 것이다. 추장 패거리들의 한판 싸움이 끝나게 되면, 동네와 토인 자신들은 어떻게 되어야 하고, 운명은 어찌 될 것인지 그들이 정말 진지하게 고민했는지 모르겠다. 매사 자신들의 이해타산에만 철저하게 길들여진 그들인지라 정말 걱정이다.

네발 달린 짐승이라도 먹고 싶은 토인들에게 실컷 먹게 해주는 일이 추장의 의무일진대, 권리만 내세우는 것 같다. 아무래도 싸움이 시작된다면, 토인들—

특히 수컷들—의 수효는 훨씬 줄어들 것이고 암컷들마저 남아돌아서 맥이 빠질 일이다. 그렇다고 우리 멍멍이들에게 자유가 오지도 않을 터이다. 그렇게도 빈곤한 평등을 핏대높이 외쳐대는 민주 거시기 협의회의 소원이 이루어질 것도 아닐 성싶다.

"물 흐르듯이 세상이 가야 할 텐데."

토인 동네에서 제일 늙은이가 그렇게 시부렁거렸다지 뭔가.

그 시간을 묻는 말 • 그 시간을 묻는 말 • 그 시간을 묻는 말

신인류시대의 덕목은 약육강식을 공식으로 잘 적용해야만 씨앗의 형질을 보전한다. 좋은 씨앗을 받는 것이 관건이 아니라, 발아된 씨앗을 양지바른 종묘장에 심어서 잘 관리해야만 암컷의 책무를 다하는 거라고 어머니들은 말한다.

어디, 취직자리 하나 없소

고향 친구로부터 전화를 받았다. 고향에 가면 막걸리도 마시고 가끔 고향소식을 전해주기도 한 막역한 친구였는데 요즈음은 서로가 바빠서 자주 연락을 못하던 차였다. 나는 무척 반가워서 안부를 물으면서 이런저런 이야기를 했다.

그런데 저쪽에서 전화를 응답하는 게 조금 다르다는 느낌이 왔다. 뭔가를 말하려는 듯, 여느 때와는 달리 이쪽의 이야기를 건성으로 듣는 것 같았다. 평소에 친구의 성품으로 보아서 무슨 말을 꿍치거나 말 사람이 아니었던 까닭에, 이쪽에서 무슨 할 말이 있느냐고 먼저 물었다.

그러자 친구는 기다렸다는 듯 어렵게 말을 꺼냈다. 아들이 군대를 다녀와서 복학을 하여 대학에서 경영

학과를 졸업한 지가 몇 년이 되었는데도 아직 취업을 못 했다는 것이다. 벌써 나이가 서른한 살이 되었는데 직장마저 없으니 결혼마저 못 한다는 말을 덧붙이며 한숨을 내쉬었다.

서울에 있는 대학에 보낼 때까지 그동안 농촌에서 어렵사리 마음고생과 몸 고생을 한 것은 그렇다 치더라도, 온몸에서 힘이 쭉 빠진 지가 오래되었다는 말을 붙였다. 물론 방송이나 신문에서 하도 불황이라서 젊은이들의 일자리가 큰 걱정이라고 떠들어댄 지도 여러 해인지라 이해는 된다며.

아들이 한동안은 아파트 건축현장에서 막노동을 한 적도 있었다는 것이다. 그래도 어떻게 하든 간에 서울에서 구직활동을 해보라며 생활비를 계속 부쳤다고 했다. 한번은 아들이 집에 와서 겨우 한다는 말이, 고향에 돌아와서 농사를 짓겠다고 하여 겨우겨우 얼러서 다시 서울로 보냈다고 한다.

농사일을 시키는 게 못미더워서가 아니고 아예 장가가는 일 자체를 포기해야 할 것이라며, 요즘에는 농촌에서 동남아시아나 필리핀 등지에서 며느리를 보는 집이 점점 늘어가는 실정이라고 했다. 자식 일과 자기 자신의 신세를 돌아보자니 일손이 통 안 잡힌다는 것이다.

하루 이틀도 아니고 오랫동안 백수건달이 된 고급인력을 두고 보자니, 울화통이 터지는 건 당연했다. 자네는 그래도 서울에서 오래 살았고, 나보다 더 사람들과 교류도 많이 했을 터이니 미안하지만 직장을 좀 알아봐달라는 요지였다. 덧붙여 급료는 적어도 상관이 없으니, 꼭 사무직을 부탁한다는 것이었다.

친구가 전화를 끊었지만 나는 여간 마음이 쓰이는 것이 아니었다. 하여 아는 이들에게 부탁은 해두었지만 아직도 무소식이다.

가끔 텔레비전에서 방영하는 동물의 세계를 보면 흰부리오리의 짝짓기, 일벌들의 집짓기, 수사자의 게으름, 하이에나의 사체 처리, 영양 떼의 방황 따위가 사람과 별다를 바 없었다. 그랬을 적에 나는 과연 만물의 영장이 맞는지 생각해본다. 자연을 축내면서 지상의 주인행세를 하는 인간들의 짓은 공룡들과 비슷하다.

원시인이었을 적에 수컷은 무리를 위해 사냥을 했고 암컷은 새끼를 기르며 집을 지켰다. 현대에 이르러 수컷의 근육은 물러져 기름으로 변했다. 불거진 근육 대신 영악한 머리와 야비한 심성을 유전인자로 가져야 한다. 그래야만 먹잇감인 동물을 잡아오는 대신 돈으로 암컷을 데려올 수 있다.

얼마 후 서울에 사는 고향 사람들의 모임에 나가서 중소기업체를 하고 있는 선배를 만났다. 친구하고도 잘 아시는 분이라서 슬쩍 귀띔을 드렸더니, 고개를 흔들면서 되레 내게 부탁을 하는 것이었다.

자신의 딸이 얼마 전에 비정규직으로 취업을 했는데, 계약기간이 만료되어 집에서 놀고 있다는 것이다. 아울러서 시집을 보내야겠는데, 직장이 없어서 고민이라는 것이다. 내가 그 선배를 의아한 눈으로 보았더니 선배를 왜 그런지 알겠다는 듯, 다음과 같이 말하는 것이었다. 학력과 직장의 수준이 신붓감을 고르는 잣대가 되느니만치 자신이 운영하는 종업원 열댓 명 정도의 작은 회사에 딸을 쓸 수가 없다는 것이다. 더욱이 직원들의 사기를 고려해서라도 있을 수가 없는 노릇이라고 했다. 덧붙이기를, 기필코 좋은 직장에 취직을 시켜서 혼인하게 만들겠다는 것이다.

그것은 누구의 잘못도 아니다. 신인류시대의 덕목은 약육강식을 공식으로 잘 적용해야만 씨앗의 형질을 보전한다. 좋은 씨앗을 받는 것이 관건이 아니라, 발아된 씨앗을 양지바른 종묘장에 심어서 잘 관리해야만 암컷의 책무를 다하는 거라고 어머니들은 말한다.

진실 어린 드라마

비 오고 바람 불더니 낙엽이 땅 위에서 뒹군다. 세상의 일은 반복 또 반복하며 발전하는 모양이며 인간들도 습성에 의하여 비슷한 일을 되풀이한다.

역사와 진실의 관계에서 언제나 당대에 밝혀질 수 없는 이유는 그것이 인간의 역사이기 때문이다. 인간들의 얽히고설킨 이해와 증오가 진실을 굳게 잠그고 있는 탓이다. 또한 시간이 지나서 사료와 구전으로 사실에 접근한다고 하여도 언제나 세월이 삭아진 만큼 진실 역시 왜곡될 수밖에 없다.

인간에게 있어서 주관과 객관의 차이는 감정과 이성으로 구분되는 변별성이 아니라 살아남느냐 죽느냐가 관건이다. 신이 부재한 시대의 비극이다.

텔레비전에서 방영되는 5, 6공화국 소재 드라마를 보고 있노라면, 작가의 열성이 지나쳐 사건을 희화화

戲畵化하는 경향마저 보이고 있다. 아무튼 그 내용을 잘 모르는 시청자는 주제에 짜 맞춘 드라마를 현존했던 거라고 인식하기 십상이다. 수백 년 전의 이야기도 아니고 불과 이삼십 년밖에 안 된 사실을 당 시대의 정치논리에 따라 만들어버리는 것이다. 구경꾼들은 단순한 흥미에 중독되어 자신의 시각이 굴절되어버리는 우를 범하게 된다. 역사에 대한 망각은 무지를 불러 일으켜 변질된다. 역사의 잔인한 귀결歸結이다.

원인은 누구에게 있는가?

원인제공자인 가해자와 역사를 훼절毁折시킨 당사자들에게 있다. 역사에서 영원한 승리자와 패배자는 없다. 주관적인 위치는 언제나 바뀔 수 있다. 그러나 당대의 기준이 역사의 잣대이고 보면, 한번 왜곡되어 쓰여진 역사의 진실을 다시 재조명하기란 쉬운 일이 아니다.

늘 힘의 논리 앞에서 주저앉아버린 현실이 안타깝기 그지없다. 이성과 차분한 변별력으로 드라마를 방영한다면, 인간의 보편적 가치를 확립할 수 있다. 분노의 감정이 아직 사그라지기에는 시간이 빠를지도 모른다. 그렇지만 성숙된 이성은 진실의 은폐를 충분히 가릴 수 있을 것이다.

빙하기에도 생물은 살아남았고, 인간들은 오늘날까지 종족을 보전하고 있다. 인간의 욕망과 증오가 그들 스스로에게 파멸의 길로 내몰았지만 냉정을 주기도 했다.

언제나 과거는 현실을, 오늘은 미래를 위해 기꺼이 자리를 내주는 것이다.

마치 나뭇잎이 떨어져 가지에 상처 난 그 자리에 새움이 나는 것처럼.

바람 불고 비 오면서 봄이 오는 것처럼.

봄에도 밀려나는 생명들

발코니를 파고들던 햇볕이 점점 주춤주춤 물러난 걸 몰랐다. 뒤꼍 담장너머 산을 바라보자니, 어느덧 뒷산에서 번져오기 시작한 봄기운은 뜰까지 내려왔다. 봄볕은 흐드러져 이글거리는 기운이 스멀거린다.

머잖아 야산의 능선은 오리나무, 소나무, 참나무들이 초록으로 가득 찰 것이다. 햇빛이 투과하지 못한 숲 그늘은 어두웠지만, 파란 하늘의 끝으로부터 봄의 기운이 차오르고 있었다. 아지랑이 기운을 받은 식물들은 어느새 더욱 푸른 기운을 담뿍 머금고 있다. 검은 줄기를 온통 자극하며 가지에 촘촘히 돋아나는 연둣빛 버들잎들이 하늘거린다. 백목련은 여인의 옷자락같이 날리듯 떨어지더니 노랑개나리와 벚꽃이 져서 야들야들한 새잎이 돋고 넝쿨장미의 가

시를 푸른 새순이 덮은 연록의 자태, 웃자란 쑥이며 풀빛이 선명하게 도는 소나무의 기세가 예사롭지 않다. 뿐인가, 어디서 나왔는지 벌과 흰나비들이 너울너울 돌아다닌다. 봄은 추운 겨울의 긴 잠에서 생명들을 깨웠다.

그리하여 제비는 돌아오고 종달새는 삐쫑삐쫑 쫑알거리며 하나의 까만 점이 되어 드높은 하늘을 핑핑 솟구쳐 올랐다. 모든 날것들의 나래 짓처럼 생물들은 공간과 시간이 만든 푸르름 속으로 잦아들어간다. 새로운 활기의 환희가 다시 바뀌는 겨울에는 낡고 삭막한 슬픔이 될지라도.

작년만 해도 산자락 아래는 동네 사람들이 심심풀이로 일구는 다랑이텃밭 몇 떼기만 있을 뿐이었다. 그러다가 산자락주변에 다세대주택과 연립주택들이 들어서기가 무섭게 기존의 묵은 밭은 물론, 산중턱까지 개간이 되었다.

어떤 이들의 말을 듣자하니, 개간보다 땅의 지목변경에 더 목적이 있는 게 아니냐고 가자미눈으로 바라

보고 있었다. 색안경을 끼고 추측을 하자면 그럴 수
도 있다. 언론 보도를 보면, 수십 년생 나무들 밑동에
다 구멍을 뚫어 농약을 주입하여 고사시킨 사례가 있
었다는 것이다. 좋은 숲에다 몹쓸 짓을 하여 밭으로
형질을 변경하고 나아가 대지로 바꾸면 땅값의 이득
을 엄청나게 얻을 수 있다는 말이었다.

창창한 나무들이 서있던 자리는 민둥한 흙바닥으로
까져 있으니 삭막하기 이를 데 없었다. 산 전체의 숲
은 망가지고 어설픈 농작물 밭으로 변해버렸으니 큰
비라도 내리면 산 위에서 쓸려 내려오는 토사가 산자
락 아래 길까지 밀려왔다.

사람들의 하찮은 욕심이 산을 온통 황폐하게 만들
었다. 이제는 겨울이면 날아올 꿩이며 짙푸른 숲속에
서 우는 소쩍새 소리도 듣기가 어렵게 되었다. 자연
이 함께 숨을 쉬고 어우러져야 인간 역시 그 일부가
될 것 아닌가.

대도시에 지어진 수많은 콘크리트 건물, 대형유리
벽 건물들, 포장된 도로…… 그런 것들은 햇볕을 받
아서 더운 열기를 되쏜다. 도시의 여름은 갈수록 더

울 수밖에 없다. 예전에는 자동차 배출가스와 에어컨 배출열기도 거의 없었다. 한낮의 열기가 땅위에 내리 쬐이더라도 습한 흙과 숲, 풀이 그것을 흡수해버렸기 때문이다. 이상기온을 인간들이 만들고 있다.

밖에는 한두 방울씩 비가 내린다. 길 건너 아파트 신축공사장은 마무리가 한창이다. 나무를 심고 흙을 퍼 나르고 돌을 쌓고 인공의 둑을 만든다. 원래 있었던 형태는 다를지언정 풀이 파랗게 돋았던 둔덕과 나무들이 있었던 자리다. 풀과 나무들도 인간처럼 살기 위하여 악조건이 되는 곳에서도 뿌리를 내린다. 그래서 뿌리를 내리는 그곳이 오래되다보면 풀과 나무의 고향이 되는구나.

나는 무연히 높이 올라간 아파트구조물을 쳐다본다. 철골과 콘크리트를 섞어 만드는 구조물도 시일이 지나면 삭고 낡아서 치워야한다. 칸칸이 막아서 구멍을 뚫어 숨 쉬는 창을 만들어 햇빛을 가두어 생의 안식처라고 자위하는 인간들의 둥지들.

갑자기 사물이 낯설다. 평소에는 자세하게 보지 않았던 아파트를 오래, 가까이 들여다보면 낯익었던 게

도리어 낯설다. 내 자신마저 타인처럼 느껴질 때가 있는데, 하물며 물질임이랴.

재개발아파트값이 천정부지로 뛰어오를 것이라 한다. 소유지분을 나누고 또 쪼개서 아파트 입주권을 얻게 하는 유혹을 뿌리칠 사람은 별로 많지 않을 것이다. 한 삼십년 된 작은 아파트를 헐고 20여 층으로 새로 지으면 공간이 조금 늘어날 것이다. 그 늘어난 공간과 새로운 시스템이 적용된 만큼 높은 가격이 형성될 건 뻔하다. 그렇게 지은 새 아파트가 삼십년쯤 지나서 또다시 재개발하게 되면 50~60층 높이의 아파트가 빼곡 들어차는 현상이 일어날 게 뻔하다.

인간이 사는 공간은 자꾸자꾸 하늘로 높이 올라갈 것이나 그 뿌리는 지표면을 딛고 있을 것이다. 인간이 바벨탑에 다가가는 건, 끝임 없이 추구하는 동물적 욕망에 다름 아니다. 죽음이라는 한계영역을 아예 무시할 욕망이 내포된 상태에서 신을 추앙한다는 말은 껍데기에 지나지 않는다. 인간에게 내재된 자만심이 몸으로 깃들어 쌓이면 어디선가 재앙의 조짐도 우리를 엿보고 있다가 우르르, 아니면 시나브로 작용할 것이다.

획일적으로 들어선 낯선 동네는 삭막한 정서를 만들 것이다. 우리가 원하는 것은 원하지 않는 것과 함께 온다. 그러나 어쩌랴. 이 도시에서 방 한 칸을 구하기가 힘에 버거워하는 이들이 어디 한두 사람인가.

내몽고에서 불어오는 흙먼지 바람이 우리나라 하늘을 뒤덮는 계절이다. 어제의 하늘이 밝았어도 오늘은 어둡다. 사막화가 진행되어 매년 넓은 지역이 황폐화되고 있는 중국이나 옆에 살고 있는 나라들이나 괴롭기는 마찬가지다.

미국 펜타곤의 보고서는 앞으로 20년 후 서유럽의 절반이 바닷물 속에 잠기고, 온대지방은 아열대나 열대로 바뀌는 기상이변이 올 거라고 한다. 그리고 보지도 듣지도 못한 전염병들이 창궐할 거라는 것이다. '노스트라다무스'나 '남사고'의 예언이 아니더라도 인류는 비틀비틀 어둠을 향하는 것 같아서 무섭다.

오늘도 정치권의 돈다발사건, 신용불량자문제, 북한 핵 협상 따위의 뉴스만 가득하다. 서로의 욕심이 충돌하여 증오와 갈등을 만들어 그걸 해결하자고 고통에 매달린다. 인간들이 몇 만 년을 축적하여 만든 문명이라는 것이, 겨우 이 지경인 셈이다. 중국에서 날아온 저 황사먼지가 아주 오래전, 호모사피엔스의 육신이 흙 되어 부스러진 파편일지도 모른다는 생각이 드는 건 무슨 까닭일까. 대자연은 아직도 무섭다.

창 안으로 햇빛이 비쳤는데, 정오가 지나자 쨍쨍했던 빛살도 시들했다. 한낮에는 예사롭지 않던 빛의 기운도 시간이 지나면 시력을 잃는다.

더운 듯 흐리더니 서편에 머물러있던 구름 조각들이 몰려들자 하늘은 금세 어두워졌다. 어스름이 깔리자마자 장대비가 주르륵 쏟아졌다. 더운 기운은 살랑거리는 바람이 건듯 불자 슬슬 물러갔다. 황사먼지도 설익은 봄빛처럼 그렇게 지나갔다. 쏴아, 쏴아 떨어지는 빗줄기의 찬 기운이 열려있는 창 안으로 들어온다. 생생한 나뭇잎과 가지를 적시고 흐르는 빗물은 땅에 스며들어 뿌리를 적실 것이다.

봄볕도 거두어지고 밤이 이슥할 때까지 비는 계속 오고 있다. 시골 어느 물줄기 흥건한 흙바닥에서는 개구리가 울고 있겠지.

산자락 아래 포장길을 적시고 아파트들과 도회의 빌딩들을 적시고 가로등 불빛까지도 핥아버린다. 거리에 고물고물 모여 있다가 헤매는 사람들의 수효는 줄어든다. 4월의 밤은 그렇게 두리번거리는 사람들에 의하여 함몰된다. 어둠 속의 빗줄기가 처연할지라도 일상에 찌든 사람들의 삶을 씻겨주면 좋으련만.

사람들에게 봄은 제각각 별다른 의미를 지닐 것이다. 모든 이의 똑같은 삶은 없다. 아픔도 다 다르리다. 삶의 색깔이 천차만별이기 때문이다. 봄이 와도 상처가 아물지 않은 사람들에게는 삭풍이 불 때와 다를 바 없다. 어쩌면 오히려 아지랑이 속에서 눈을 뜬 화사한 꽃망울 때문에 슬픔이 더 복받칠 수 있다.

하지만 어둡고 추웠던 긴 겨울의 지루함에서 탈피한다는 것은 희망이 아닐까.

아침에 비가 그치면 햇살이 가득하여 뒷산의 소나무들은 더 푸른 기운을 뿜을 것이다. 새싹들은 머잖아 거칠고 푸른색을 띠어 찬란한 계절을 만들지 않겠는가.

바다를 먹고 산다

마파람이 살갖을 적셨다. 물여울은 고기비늘처럼 물결 위에 반짝거렸다. 도선장에 묶여 있었던 연락선에서 무겁고 요란한 디젤엔진 소리가 포구를 깨웠다. 7시에 섬으로 떠난다던 연락선은 8시가 넘어서야 트럭과 승용차 대여섯 대를 승객들과 함께 태우고 바다로 미끄러져 나갔다. 바다는 넓고 아늑했다.

둔중한 배가 바다를 헤쳐 나가자 승객들은 철제계단을 따라 이층 갑판으로 모여들었다. 땅 끝은 점점 멀어지고 길게 늘어진 흑일도를 왼편으로 감아 돈 연락선은 속도를 더하기 시작했다. 칙칙한 소나무 숲과 기암괴석이 얽혀진 기다란 섬 주변으로 갈매기 떼가 너울너울 춤을 추었다. 융기했던 땅이 바다로 잠기고 잠겼던 대륙붕은 마그마의 분출로 다시 섬으로 태어났을 것이다. 그러니 바다 밑으로 이어진 땅과 땅을 사람들은 그리워한다.

이글거리는 햇덩이가 바로 머리 위로 떠오르자 후끈한 바람이 습한 기운에 섞여서 팔뚝을 휘감았다. 물결을 헤집는 선미를 따라 부글거리던 하얀 포말은 긴 꼬리로 이어지다가 사라졌다. 땅끝에서 노화도로 가는 뱃길은 작은 섬들이 스쳐지나가곤 했는데, 망망한 바다가 주는 공포심을 덜어주었다. 뭍에서 공기를 마시며 산 사람들은 물에 뛰쳐나온 물고기와 다를 게 없다. 날마다 막막한 뱃길을 나다니는 사람들의 들숨과 날숨소리도 편한 것은 아니다.

배를 빌려 주인과 함께 타고 다시 바다로 나간 것은 오후였다. 겨울에는 김 채취선으로 쓰는 배를 다른 철이면 고기를 잡거나 관광객을 태운다는 주인은 마흔 중순쯤 돼 뵈었다.

햇살은 바다를 온통 은빛으로 도금하였다. 세상의 빛이란 빛은 모두 바다와 하늘에 가득 찼다. 10톤짜리 배는 꽤 길고 넓었다. 십여 명이 탔는데도 좁지 않았다. 배는 물고기처럼 빠르게 바다를 갈랐다.

낚싯줄을 드리우던 주인은 실실 웃던 눈빛을 거두

더니 순간적으로 냉정했다. 식솔을 거느리며 바다에서 먹잇감을 찾아야 하는 사냥꾼의 눈매는 진지할 수밖에 없을 것이다. 갑판 양쪽으로 삼치 낚싯대가 드리워졌다. 살아있는 먹잇감만을 무는 삼치는 횟감으로 더할 나위 없이 상품으로 쳐준다. 바다의 멋쟁이라 불리는 삼치는 일본사람들이 무척 좋아한다고 한다.

노화도에서 보길도를 옆에 끼고 쭉 뻗어 한 시간 남짓 질주했다. 뱃머리가 서남쪽 방향으로 접어들자 섬들은 보이지 않았다. 넙도가 아물아물 보일 때 기암괴석으로만 뭉쳐진 덩어리를 단칼로 잘라놓은 반 토막 형태의 섬이 바다에 외롭게 떠있었다. 닭섬이라고 했다. 원숭이머리 같기도 했고 어찌 보면 해골바가지처럼 보였다. 그런데 닭섬이라니, 얼른 이해가 안 되었다.

섬을 지나자마자 "삼치다! 삼치!" 누구의 입에서 먼저 나왔는지, 배를 탄 사람들의 지루함을 단박에 깼다. 삼각형을 이루면서 축 늘어져있었던 고무줄 찌가 팽팽하게 당겨져 있었다. 모두 시선이 감겨지는 낚싯

줄을 따라 쏜살처럼 끌려오는 물체를 내려다보았다. 배 위로 내동댕이쳐진 삼치는 은빛바탕에 잿빛 점무늬가 박힌 놈이었는데 네댓 뼘 크기였다.

"별로 큰놈은 아닌디, 아따 그래도 오만원 정도는 너끈하게 받겄네."

배주인은 눌러쓴 운동모자챙을 만지작거리며 싱글벙글 웃었다. 피서철이라 이런 정도의 생선이면 없어서 못 판다고 너스레를 떨면서 배 주인은 다시 낚싯줄을 드리웠다. 십여 분 뒤에 크기가 비슷한 삼치를 또 한 마리 잡았다. 주인은 지나가는 말처럼 내게 흘렸다.

"사람 사는 일이 쉽지 않아요. 어렸을 적에는 밭농사를 짓다가 일본으로 수출한다고 김을 했는디, 요새는 낚시를 합니다. 취미로 하면 좋겄지요. 그란디, 이제는 김발을 못 하요. 중국산이 하도 싸게 수입되어분께 전복양식을 하자는 사람도 있는디, 그것도 처음 투자비용이 만만치 않을 것 같아요."

어선은 닭섬을 중심으로 두어 번 크게 선회하더니 뱃머리를 보길도로 돌렸다.

먼발치에서 본 보길도 외송리 해변은 곡선을 그린 검푸른 소나무 숲 아래 까만 자갈밭이 펼쳐져 있었다. 해수욕장에 몰려든 사람들은 자갈만큼 많았다. 배 주인은 잡아온 삼치 두 마리를 회로 떠서 함께 배를 탔던 이들에게 먹였다. 그리고 다시 보길도 모퉁이에 딸린 섬, 백도를 향하여 뱃머리를 돌렸다.

백도에서 멸치 다섯 부대를 샀다. 멸치는 유월멸치와 칠월멸치가 있는데, 유월멸치는 은빛이 깨끗하고 늘씬해서 기름진 칠월멸치보다 상품으로 친다는 것이다. 배 주인의 말로는, 멸치를 주로 많이 사먹는 서울 사람들이 맛과 영양보다는 눈에 보기 좋은 것을 기준으로 판별하므로 그렇게 되었다고 했다. 덧붙이어 예전에는 칠월멸치와 값이 비슷했다고 알려주었다.

배 잔등에 멸치부대와 사람들을 얹고 나서 노화도로 다시 뱃머리를 돌렸을 때는 다섯시가 훨씬 넘어서였다. 높은 구름이 끼더니 햇덩이는 그 속으로 숨어버렸으나 사위는 훤했고 볕의 작열은 멈추지 않았다.

섬에 사는 사람들은 바다가 그들의 삶이고 기쁨과

슬픔이고 인생이었다. 도회지 사람들이 피서를 하고 훌쩍 떠난 후에는, 치워도 치워도 각종 오물과 비닐 껍질 같은 쓰레기들이 파도를 따라 섬 주위에 띠를 만들어 빙빙 돈다는 것이다.

나는 해가 뉘엿뉘엿 수평선으로 처져 텀벙 빠진 후에야 노화도를 떠났는데, 사방은 바다에서 피어오르는 안개로 희미해졌다. 아침에 이곳으로 나를 데려왔던 연락선은 다시 땅끝을 향하여 퉁퉁거리며 물살을 갈랐다. 여행객들은 이층 갑판에 앉거나 서서 물에 부딪쳐 시원한 바람을 맞았다.

잘 안 되는 세상사

퇴근 무렵에 친구의 전화를 받았다. 전화로 길게 말하기가 어려워 일단 만나자는 것이어서 삼겹살집으로 약속을 했다. 군대에서 헤어진 지 꽤 오래되었는데, 어찌어찌 연락이 되어 다시 가끔 만나고 있었다. 친구는 미리 와있었고 우리는 누구라 할 것 없이 소주병마개부터 땄다. 삼겹살이 노릇노릇해질 땐가, 친구는 내 눈치를 보며 어렵게 말을 꺼냈다.

"다름이 아니고……"로 시작하는 친구의 말은 이러했다.

제대를 하고 나서 여러 사업에 손을 댔으나 실패하는 바람에 집에서 놀고 있었다가, 최근에 기회가 되어 다시 공장을 차렸다는 것이다. 그런데 그 공장이라는 게 돈이 부족하여 경기도 남부지역에다 비닐하

우스로 세웠고, 공장 종업원은 열다섯 명으로 건축
공사장에 납품하는 플라스틱 파이프를 제조한다고
했다.

친구의 이야기를 들으면서 그를 흘깃 바라보았다.
왜냐하면 나는 친구의 입에서 그의 사업과 관련된 말
이 나올 줄 알았기 때문이다. 그런데 뜸을 들인 친구
는 내가 예상하지 못한 이야기를 끌어왔다.

"사실 예전에 내 밑에서 일하던 사람인데……"로
이어지는 광고간판 제작 일을 하였던 사람의 이야기
였다. 광고간판을 떼어내는 일을 하는 서른두 살의
이 청년은, 고아원에서 자랐다고 한다. 어려서부터
상급학교에 진학하지 못하고 막노동으로 지냈는데,
눈썰미가 좋아서 몇 년 전부터는 광고간판을 제작하
는 회사에 다니던 터였다. 그런데 잘나가던 회사가
부도가 나서 망하자 인천의 구청에 일용고용원으로
다녔다고 한다. 주로 맡은 일은 광고간판을 철거하는
거였다.

아이러니한 건 예전에는 간판을 제작하여 부착하는
일을 했다면, 과거와는 달리 불법으로 붙어있는 간판

을 구청 감독공무원의 지시에 따라 떼어내는 작업을 하였던 것이다. 일테면 철거반원인 셈인데, 그도 직업인지라 남들보다 더 열심히 하였다.

일선 행정관서에서 한동안은 무허가간판이며 규격을 위반한 돌출간판들이 건물에 매달리는 대로 방치했었다. 일을 하거나 안 하거나 하루의 일당은 나오는지라 청년에게는 그다지 나쁠 것도 없었다. 그런데 갑자기 상급관청에서 무슨 지시가 떨어졌는지, 아니면 배알이 틀렸는지 갑자기 무제한 단속하라는 철거명령이 떨어졌다.

인천의 그 구청 관할지역은 지리적으로 항구와 인접한 곳이었다. 하루는 갯바람이 몹시 불었는데 3층 건물 모서리에 달린 카바레 간판을 떼어내고 있었다. 어중간한 위치에 위태롭게 매달린 간판은 크기도 크려니와 혼자서 일하기에는 어려웠다. 그래도 청년은 혼자 사다리를 타고 올라가서 망치로 간판을 떼어내려다가 보도블록 바닥으로 떨어진 것이다.

소식을 듣고 달려온 동료 인부들이 가까스로 택시에 태워서 병원으로 옮겼는데 허리를 다쳐서 중환자

실에 입원해있다고 했다.

　문제는 입원하고 나서였다.

　"어이, 그럼 당장에 간호할 사람도 없겠군?"

　"그것도 그렇고, 요는 보험처리도 안 되서 더더구나 치료비는 물론, 보상대책이 전혀 없으니까 문제라고."

　"아니, 구청에서는 무얼 하고?"

　"처음 며칠 동안은 구청의 과장인가 뭔가 하는 사람이 과일을 사들고 두어 번 오더니 요즘에는 그나마 발을 뚝 끊었다나봐."

　"왜 그러지?"

　"글쎄 말이야. 그게 공무원들의 속성이 아니겠어? 처음에는 그 일과 관련되어 모가지라도 달아나는 줄 알고 덤비다가 이리저리 확인해보니 자신들과 법적으로 별 문제가 없다고 판단되는 모양인지 어쩐지……."

　친구는 한참 동안 나를 뚫어지게 바라보더니 말했다.

　"어떻게 도와줄 방도가 없을까?"

　"얼른 떠오르는 묘안은 없네만, 한번 알아보자고."

　"그래 좀 알아봐주게. 나하고 크게 상관없는 일일

수도 있지만 너무 딱해서 그래."

친구는 거푸 술잔을 비우더니, 분한 표정을 감추지 못했다. 나도 친구를 위로할 말이 딱히 생각나지 않았다.

이틀이 지난 새벽녘에 친구로부터 전화가 왔다. 숨넘어가는 친구의 목소리가 차라리 애절했다.

"죽었다."

"누구?"

"병원에 입원한 녀석이 자살을 해버렸어……."

지구상에서 자살하는 동물이 사람뿐인 줄 알았더니, 바다에 사는 고래도 자살을 한다는 말을 들은 적이 있다. 굶주리는 시대보다 배부른 세상에서 더 많은 사람들이 자살을 하는 건 단순통계에서 지적하는 말장난에 불과하다. 풍요한 시대에도 여전히 가난한 사람들이 존재한다. 아무튼 이승을 달리하면 더 이상 죽은 이에 관하여 언급하는 건 예의가 아닐 것이나, 이생을 떠나는 젊은 인생의 가련한 모습이 측은하다.

원자력과 부처의 미소

썰렁한 계절에 어떤 협회의 주선으로 버스를 탔다. 목적지는 세미나와 견학이 함께 이루어진 원자력발전소였다. 개인적으로는 갈 수 없는 곳이기도 하려니와 일부러 갈 명분도 없던 차제에 잘되었다 싶었다. 불국사가 있는 경주는 몇 번 가보았지만, 또 가고 싶은 곳이었다. 경주 토함산을 지나서 월성으로 30여 킬로미터쯤 내려가다가 시퍼런 동해가 발끝에 걸렸다.

멀리 보이는 곳에서 내려가니 높은 빌딩처럼 생겨먹은 것들이 점점 다가왔다. 월성 1호기를 비롯하여 네 개의 원자력발전기가 가동되고 있었다.

원자력발전소에 오기 전만 해도, 제2차세계대전 때 일본의 히로시마와 나가사끼에 떨어진 핵폭탄만 생각하고 있었다. 그래서 은근히 막연한 공포심마저 마음 한구석에 똬리를 틀고 있었다. 무지함이, 때로는 사람들을 맹목적으로 만드는 모양이다. 폭탄이 터지는 힘과 열을 이용하여 전기를 만드는 이치였다. 핵융합발전과 핵폭탄은 양날의 모순을 지녔다고 한다.

겉에서 보면 물건을 만드는 공장들과 똑같은 모습이었다. 먼저 발전소의 홍보실에서 이곳에 관한 설명을 들었다. 한국은 20기의 원자력발전기가 가동 중인데, 발전량 기준으로 보면 세계에서 여섯 번째라고 한다. 우리나라에서 소비하는 전체 전력의 40퍼센트를 원자력에서 생산하고 있으며, 월성공장의 가압중수로 형 발전기 네 대가 발전하는 용량이 약 137만 킬로와트라는 것이다. 이어서 발전소 내부시설로 이동하여 철제계단을 타고 주제어실과 터빈실을 돌아보았다. 위험요소를 가지고 있다보니, 보안장치라든가 발전설비를 과정별로 분화시켜 은연중에 관람객 스스로에게 엄숙을 요구했다. 엄청난 열을 발산하므로 물속에다 천연 우라늄 연료봉들을 넣어 잠기게 했다.

그나저나 원전에서 발생하는 수거물을 처리할 곳이 없어서 한동안 온 나라가 시끄러웠던 일은 지금도 생생하다. 수많은 사람들이 정부를 상대로 데모를 하고 지자체의 책임자인 군수가 방폐장 유치에 협조를 했다고 하여 급기야 린치를 가하는 사고까지 발생했다. 결국은 전라도 부안에서 방폐기장을 반대하는 바람에 경주에서 유치하게 되었는데, 발전소 부근에 방사선폐기장을 짓고 있었다. 나중에 막대한 유치지원금 때문에 부안은 주민들끼리 또다시 갈등을 빚었던 모양이다. 아마 그런 연유로, 대국민홍보가 절실하게 필요하였을 거라는 짐작이 된다.

동해바다에서 불어오는 바람을 맞으며 공장 한쪽에 있는 건물을 들어서자니 양어장이었다. 어종별로 구획을 지어 체계적으로 관리하고 있었다. 우럭, 도다리, 광어, 전복 따위의 생물들이 유유히 기어 다니며 살아있었다. 안내자의 말로는, 잘 모르는 사람들이 원자력의 위험요소만을 여론화시키고 있어서 생태적으로 이를 보여주기 위함이라고 했다. 안전하다는 말을 백 번 하는 것보다는 한 번 보여줌으로써 느끼게 하였다. 그래서인지 양어장의 효과는 상당한 반응을 얻고 있다는 것이다.

내가 안내자에게 물었다. 여기서 키운 생선들은 누가 먹게 되느냐고. 발전소 직원들은 물론 인근에 사는 주민들도 먹는다는 것이다. 그러니 원자력은 사용하기 나름이라는 등식을 심어주는 것 같았다.

그러나 나는 한편 생각해보았다. 누구나 자기 자신의 주관적 입장에서 타인들을 설득하려 하므로 그들이 강조하는 이면을 곰곰 헤아렸다. 어차피 전기를 얻는 대가로 원자력의 위험요소를 감안하는 이치는 당연한 거였다. 함께 동행을 했던 누군가가 씨익 웃으면서 말하기를, 그렇게 안 위험할 거라면 서울 당인리발전소 자리에다 만들지, 왜 이렇게 먼 곳에다 지었을까? 그러나 너무나 역설적인 말이라 나도 웃으며 농담으로 들었다.

안내자의 설명으로 우라늄의 기호인 U235와 U238이 어떻게 다른지도 알았고, 대체에너지와 보조에너지의 상관관계도 이해가 되었다.

알고 보면, 지금처럼 세계의 원자력 발전소가 점차

적으로 핵연료를 소비하게 되면 앞으로 약 50~60년 후에는 우라늄마저 부족하게 된다니 걱정이다. 또한 핵발전소에서 나온 폐기물을 지하에 밀봉하여 처리한다고 해도 그게 땅속에 있을 뿐이니, 영원히 안전하다고 할 수도 없을 것이다. 그나마 원자력이, 전 지구적 재생에너지 사용방법 중에서 화력·수력·풍력 발전소보다는 지표면의 자연 상태를 덜 건드린다는 이론도 있다.

지구에 상존하는 위험요소는 한둘이 아니다. 이제 인류는 스스로의 발전에 발전을 거듭한 나머지 통제가 어려운 부문이 생겨나고 있다. 무엇을 어디에서부터 어디까지 손을 대야 할까. 그 모든 위험은 바로 산업혁명 이후 기하급수적으로 확장되어버린 것이다.

시퍼런 물결이 뭍으로 남실거리는 동해바다를 보면서, 과학의 노예가 되어버린 인류의 불행이 여기에서 그치지 않으리라는 예감이 든 건 왜일까.

이튿날 아침 숙소에서 토함산에 있는 석굴암을 찾았다. 국보인 석굴암은 관리를 하느라고 관람객을 통제하고 있었다. 원형의 석실은 은밀한 기운이 감돌았다. 부처님의 얼굴은 웃음인지 슬픔인지 말없이 까닭모를 오묘한 미소를 띠었다. 신비롭고 깊은 표정으로 나를 본 부처님에게 나의 존재는 너무나 한없이 초라했다. 좌불은 내면 깊숙이 내게로 와 과학이 결코 진리의 깨달음이 될 수 없음을 깨우쳐주려 한 걸까. 그이의 자비로움이 닿는 느낌에 잠시라도 평온했다.

천년 고도의 흔적과 원자력발전소의 위용이 맞닿아 있는 땅을 떠났다. 사람으로 태어난 걸 행운으로 여겨야 하나?

포장도로에 줄지어 선 가로수들이 은행잎을 바람에 날리며 성깃한 몸을 드러내고 있었다. 늦가을 빛은 썰렁이는 바람마냥 어두웠다. 이제 가을은 서서히 죽음의 그늘 속으로 사라지고 있었다.

공사장으로 놀러가는 아이

　다섯 살 된 아이는 하루 내내 심심했다. 객지에 나간 누나가 추석선물로 사다준 세발자전거도 시시해졌다. 형과 작은누나는 다 학교에 가버리고 엄마와 할머니는 들판으로 나가서 가을걷이에 정신이 없었다.

　마을 끝머리 집에서 초입까지 도란도란 앉아있는 서른댓 집은 어느 집에서도 인기척이 없을 성싶었다. 집집마다 감나무에 풍성하게 매달린 홍색 열매들 사이로 날아다니는 까치와 참새들이 나뭇가지에 앉아 두리번거리는 모습이 눈에 띄었다. 그저 움직임이라고는 우사에 들어있는 소들과 마당에 돌아다니는 닭들, 줄에 매여 있는 개와 도랑을 뒤지고 다니는 오리 떼가 뒤뚱거리는 모습 따위였다. 마을은 그야말로 따가운 햇살 아래 적막이 감돌았다.

아이는 반팔셔츠에다 반바지 차림이었다. 반질반질한 얼굴과 콧잔등은 어디서 세게 부딪혔거나 문질렀는지 상처딱지가 거멓게 여물어있었다. 아이는 부드러운 살갗을 햇볕에 검게 그을린 채 이집 저집을 기웃거리기에도 지쳤는지 심심한 표정으로 마을 입구를 바라보았다.

바다가 보이는 마을 밖에는 며칠 전부터 똑딱거리는 소리가 들리기 시작했다. 공사판이 벌어진 것이다. 울퉁불퉁한 도로를 넓히면서 콘크리트로 포장이 될 거라고 했다. 우선 도로 양쪽의 하수로 거푸집에 철근을 조립하는 작업에 인부들이 구슬땀을 흘리고 있었다.

"너, 또 왔구나. 이 녀석."

일을 감독하고 있는 아저씨가 아이의 머리를 손으로 만지며 아는 체했다. 아이는 씩 웃으며 인부들이 작업하는 거푸집 가까이 몇 발짝씩 다가갔다.

"야! 일루 와봐."

철근을 들어다놓고 양팔을 허리에 대고 있던 젊은 이가 아이를 불렀다. 아이는 쪼르르 그쪽으로 달려갔다. 아이는 젊은이가 내민 껌 하나를 받아들었다.

"너, 먹어 얌마. 어저께 준 것은 다 먹었니?"

머리를 끄덕이는 아이는 겉 껍질을 뜯어냈다. 그리고 은박지를 벗겨내고 껌을 입에 넣고 움질거렸다.

원래는 제법 큰 동네였다. 이십 수년 전 동네가 한창 번성했을 적에는 칠십여 가구였다. 살던 가구가 하나 둘 썰물처럼 빠져나가자 이제 겨우 마을이라고 하기에도 작아졌다. 그나마 집집마다 사는 사람들이라고는 늙은이들이 태반이었고, 마흔 넘은 사람들은 겨우 두어 집이었다.

아이의 아빠는 객지에서 장사를 하다 실패를 하고 다시 고향으로 찾아들었다. 농사 일이 싫어서 떠났다가 코뚜레에 매인 수소처럼 아이들을 주렁주렁 이끌고 온 것이었다. 동네 사람들은 그래도 반겨 맞아주었다. 아이의 아빠가 콧물을 질질 흘리던 어렸을 적에 한창 힘을 자랑하던 어른들은, 이제 늙은이로 변하여 이제 뒷산 언덕배기에 묻힐 궁리만 해야 했다. 맑은 시냇물과 기름진 텃밭들은 먼지와 비닐쓰레기 따위로 뒤덮여 마을은 폐촌으로 변해있었다.

동네에 아이 또래는 없었다.

"아이고 내 새끼야."

할머니가 마당으로 들어서며 머릿수건을 벗고 석양 빛에 물든 아이의 손을 잡아 이끌었다.

엄마는 그새 중간 갯가에서 굴과 조개들을 따서 해질녘에야 집으로 들어왔다. 땅거미가 어둑어둑할 무렵이 되어서야 누나와 형이 학교에서 돌아왔다. 아빠는 하루 내내 조선소에서 용접을 하다가 어둠 속에서 나타났다. 식구들은 텔레비전을 보면서 저녁밥을 먹었다. 아이는 밥을 먹으며 화면에서 떠드는 소리를 듣다가 스르르 잠이 들었다.

아이의 가족은 그래도 농촌에 정착할 틈이나 있어 보인다. 지금 우리의 농어촌은 급격히 퇴락하고 있다. 어디서나 사람 사는 일이 수월하지는 않지만, 농촌에서 벌어먹고 사는 일은 어렵다. 수입이 어렵다보니 젊은이들이 떠나는 건 당연했다. 젊은이들이 살지 않으니 아이들이 뛰어노는 모습을 보기도 어렵다. 이제 시골에 뛰어노는 아이들 보기가 어려운 것은 어제 오늘이 아니다.

뿐인가. 예전에 마을마다 생겨난 청년회니 부녀회의 활동은 거의 없는데, 마을회관에 간판만 덩그마니 붙어있다. 이제 청년회원들은 중늙은이가 되어 기름진 땅을 묵히고 있는 게 현실이다. 그러니 나중에 늙은이들마저 점점 줄어들면, 쌀은 누가 만들며 시골은 누가 지킬까.

자금성과 경복궁

북경을 다녀온 지가 벌써 몇 년이 지났으니 지금은 내 생각이 조금 틀릴지도 모르겠다. 어느 가을엔가 인천공항을 출발해서 북경에 도착했었다. 하도 많은 사람들이 다녀온 곳이라서 어설프게 여행기를 나열해봐야 우스운 꼴이 될 것 같아서 대충 뭉뚱그려 몇 마디 적는다.

딱 두 시간 만에 도착한 북경은 우리를 오랫동안 간섭했던 이웃나라의 수도였다. 생각해보니 3박 4일 동안, 그들 스스로 중원이라고 일컬었던 넓은 나라의 북경과 부근을 수박 겉핧기로 본 나로서는 중국을 이야기하기가 참 막연하다.

나라의 땅 넓이만큼 왕의 거처로서 규모가 웅장한 자금성을 경복궁이나 유럽의 작은 성들과   는 비교

할 수가 없었다. 그러나 비교도 비교 나름 아닌가. 자금성은 크기에 비하여 나무가 별로 없었다. 궁궐 자체가 하나의 도시처럼 복잡다단한 것은 기거하는 사람이 많아서겠지만 왠지 비인간적인 냄새가 나는 것 같았다.

우리의 경복궁처럼 사시사철에 걸맞은 아기자기한 나무들도 없었거니와, 집이 사람을 포근하게 감싸는 인상은 가질려야 가질 수 없었다. 동양의 건축 기술이 중국에서 전래된 것이라 여겨지지만, 그 땅 위에 사는 사람들은 그들의 품성과 가치에 걸맞게 지었을 것이다.

만리장성은 그야말로 여행객으로 발 디딜 틈도 없었다. 흉노족의 침범을 막기 위해 여러 왕조를 통하여 인력으로 만든 성벽이다. 험준한 산맥에 당시의 인력으로는 도저히 옮겼다고 믿어지지 않을 만큼 거대했다. 그러나 생각해보니 집채만 한 돌들로 쌓아 올린 만여 리의 성벽은 수많은 백성들의 희생으로 이루어졌기에인류의 이름으로 지탄받아 마땅할 일이었다. 아무리 몇 대 왕조에 걸쳐 성벽을 쌓았다고는 하지만 울력에 동원된 사람들이 얼마나 많이 죽었을 것인가. 억지로 동원된 백성들에게 가혹한 매질 없이, 달에서도 보인다는 토목공사를 순조롭게 했을 리 만무했다.

거기에 비하면 국력이 형편없이 작은 서울의 도성 역시 당시 조선의 규모에 적당했는지 모르겠다. 서울의 도성을 축조할 때에도 백성들의 원성이 자자했다는데, 하물며 만리장성이랴. 청나라 말기에 지은 이화원의 긴 누각이며 넓은 인공호수가 자랑만 할 유물인가. 그 웅장함과 화려함 때문에 백성들의 원한을 한탄하였던 대문호 '노신'이 울었다고 하지 않던가.

이제 중국은 흉노족 대신 내몽고에서 몰려오는 황사를 시급히 막아야 할 담장이 필요하게 되었다. 고비사막은 점점 더 넓어지고 있다고 한다.

어찌되었건 중국은 연 10프로 이상 성장하고 있으며, 올림픽을 개최함으로써 선진국 문턱에 진입하고 있다. 이제 옛날의 영화를 다시 찾아 세계사의 흐름을 다시 바꿔놓을 수도 있을 것이다. "역사는 늘 반복한다"고 했던 아놀드 토인비의 말처럼 그런 법칙이 맞아떨어질 수도 있다. 거대한 용은 잠에서 깨어나고 있었다. 13억의 인구는 자본경제를 도입하여 원래 자신들의 조상이 추구했던 황금 맛에 길들여졌다. 벤츠 승용차와 자전거가 혼재된 북경 시내. 고층빌딩 뒤로 내려다보이는 빈민가가 섞여있는 나라.

새로운 문물을 접하다보면 그 속에 사는 사람들의 행동거지를 비교하게 된다. 중국 사람들도 인접한 우리와 많이 다르지 않았다. 나는 그곳에서 본 중국 사람들의 행동보다는 한국여행객들 중 일부가 쓸데없이 우쭐거리는 게 영 마음에 안 들었다. 그들은 눈에 스치는 사소한 것들에 대하여 거침없이 비하하고 으스댔다. 코끼리 다리만 만진 눈먼 장인들처럼 함부로 말하는 것이었다. 우리는 뭐가 그리 대단하단 말인가.

비행기의 고도가 높아질수록 날개 아래 펼쳐진 땅 위의 것들이 눈에 들어왔다. 끝없는 화북평야. 치수가 잘된 드넓은 농경지며 듬성듬성 앉아있는 집단주거지.

구름 아래 깔린 서해바다가 보이다가 이내 바퀴 구르는 소리를 들었다. 인천공항이었다.

역사적으로 그들의 중앙집권적 통일은 인접한 작은 나라들에게 늘 위협을 주었다. 우리나라도 예외가 아니었다. 물론 중국의 공산이념이 자본주의 행태와 겹쳐서 불평등이 심화된다면 분열의 조짐을 불러올 수도 있다. 빠른 속도로 진행되고 있는 이웃나라의 경제발전이 예사롭지 않다.

나무는 우듬지만큼 땅속으로 뿌리가 퍼진다고 한다. 뿌리가 없는 나무를 생각할 수는 없다. 아무리 모진 바람이 불어도 뿌리 깊은 나무는 흔들리지 않는다. 인류는 나무처럼 그렇게 자라고 번성해왔다.

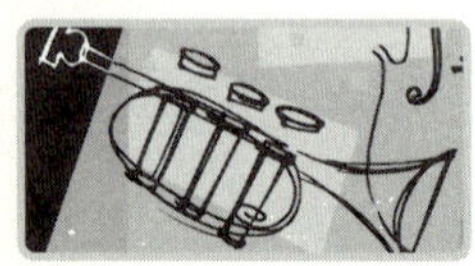

다시 열매 맺나니

나무는 우듬지만큼 땅속으로 뿌리가 퍼진다고 한다. 뿌리가 없는 나무는 생각할 수 없다. 나이가 들면서 불현듯 어렸을 적의 고향, 뛰놀던 친구와 이제는 고인이 된 이웃 어른들이 생각난다. 그러나 현실로 돌아오면 그건 꿈에 불과하다. 가족은 자기 자신이 만든 무덤이라 하지 않던가.

사회적인 동물은 배우자와 새끼들에게 삶의 환경을 제공하고 노년의 고독과 외로움을 보상받는다. 수십만 년의 시간을 허비하여 얻어낸 것이, 고작 핵가족 형태를 유지한 호모사피엔스의 진화한 오늘이다. 그러니 더 먼 훗날 지구가 멸망한다하더라도, 직립원인의 씨가 말라버린다 해도 뿌리를 만들어 사는 사람살이는 얼마나 위대한 일인가.

부모가 죽고 없어도 아이들은 자란다.

친척이 있었다. 하얀 얼굴에 눈이 큰 여인과, 키가 휜칠하고 마음 좋게 생긴 남편은 조그만 집에서 살았다. 그렇지만 이들 부부의 금실은 거문고와 비파소리보다 더 아름답게 마을 사람들에게 전해졌다. 부부는 작은 땅뙈기나마 농사를 짓고 열심히 살았다.

하늘이 시기를 했는지, 아들 둘, 딸 둘을 낳아놓은 엄마는 막내아이 세 살이 되던 해에 이름 모를 병으로 죽었다. 농사를 짓던 아버지는 슬픈 모습으로 술만 마시다가, 또 한 해 뒤에 농약을 마시고 마누라의 무덤 옆에서 죽었다. 아이들은 시골의 친척집과 남의 집에서 눈칫밥을 얻어먹고 살다가 하나 둘 서울로 갔다.

철공소에서, 재봉틀공원으로, 음식점 종업원으로 열심히 살았다. 그리고 때가 되면 누가 알려주지 않아도 지들끼리 부모제사를 차릴 줄 알았다. 이제 모두 결혼을 해서 부모가 되어 어머니가 죽었을 무렵 자랐던 자기 또래의 아이들까지 낳았다.

두 아이의 아버지가 되어버린 맏이가 뒤늦게 결혼식을 하겠단 소식을 보내왔다. 신부 집안은 팔십 노

모 혼자서 촛불을 켰고, 신랑 집안에서는 이모가 나
왔다. 주례는 예식장에 전용으로 고용된 전직 학교선
생께서 맡았다. 하객들은 백여 석이 못 되는 자리도
다 채우지 못했다.

한여름 소서의 무더운 날씨였다. 결혼식 철이 아니
어서 그런지 예식장은 달랑 그들을 축하하러온 사람
들뿐이었다. 결혼예식 철이면 평소에도 붐비던 주차
장 마당은 텅 비어있었으니까. 그래도 주례사가 있었
으며 축하의 꽃가루를 날리고 사진도 찍었다. 다섯
살배기가 면사포를 쓴 엄마에게 칭얼거려도 엄마의
표정은 기쁨으로 가득 차 있었다.

마침 태풍 하나가 지나간 하늘은 맑게 개었고 바람
까지 건들 불었다. 축하객들은 모두 손뼉을 쳤다. 눈
물을 흘리는 친척도 있었다. 부모가 없는 안쓰러운
행사였지만 기쁨은 두 배였다. 사람들에게 행복은 가
끔 숨어 있다가 나오는 모양이었다.

이튿날 신혼부부는 큰아이만 데리고 우등고속버스
에 몸을 실었다. 천리 길도 넘는 부모 묘소로 나들이
를 떠났다. 대개의 신랑신부들이 신혼여행으로 떠나

는 하와이나 동남아로 가는 것은 그렇다 치고, 제주
도마저도 이들에게는 꿈과 같았다.

부모의 묘지는 바닷바람이 시원하게 불어오는 남쪽
섬 마을에 있었다.

신랑은 돼지살코기를 도려내고 소뼈다구를 쪼아내
는 일로써 식구를 먹여 살리고 있었다. 조선시대에는
백정이라고 불렸던 직업이었다. 많이 배우지 못한 신
랑이 할 수 있는 일이 흔하지 않았다. 지금이라고 누
가 그 짓이 좋아서 하는 사람들이 있겠는가. 아이들
이 조금 더 커서 엄마의 손이 덜 가게 되면 신부도 일
거리를 찾을 거라고 했다.

나는 젊은 부부의 앞날을 낙관한다. 실로 불행한 일
이 닥친다 해도 이들 부부는 고난을 극복했던 면역성
이 있질 않겠는가. 아무리 모진 바람이 불어도 뿌리
깊은 나무는 흔들리지 않는다. 인류는 나무처럼 그렇
게 자라고 번성해왔다.

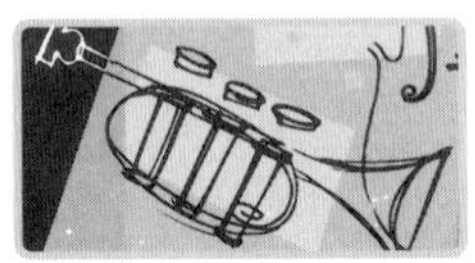

친척이라는 호칭

결혼식장이나 장례식장에 가면 그들을 거의 만난다. 형, 아우, 누님, 처남, 매제, 당숙, 손자까지 우리의 혈족은 전국 각지뿐만 아니라 바다 건너에도 퍼져 살고 있다. 지구상의 어디라도 종족 번성의 본능은 살아있다.

삶에 투철한 우리네 친척들은 운전사, 파출부, 회사원, 사업가, 건설노동자 할 것 없이 어느 곳에서든 치열하게 산다.

한 해에도 몇 번씩, 몇 년을 지나도 어쩌다가 그들을 만나면 주름살이 더하면 했지 팽팽한 얼굴은 아니다. 가끔 모습이 보이지 않은 친척이 궁금해서 가까이 지내는 친척에게 물어보면 병상에 누워있거나 잠적해버렸다고 한다.

그런가 하면, 그들의 손에 매달려 코 흘리던 아이들이 어느새 그들보다 더 큰 체격으로 서 있다. 결혼식장에 가면 신랑의 모습에 어렸던 아이의 모습이 겹친다. 세월은 무섭게 우리 친인척들의 모습을 그렇게 변모시켜 버린다.

사업으로 재산을 모아서 비까번쩍한 고급승용차를 타고 다니던 친척이 안 보였다. 웬만하면 여럿이 모이는 곳에는 꼭 나왔던 터라 근황을 물어보니, 쫄딱 망해서 울화병으로 병원에 입원했다는 소식을 들었다. 가난하면 어떻고 부자면 뭘할까.

그런가하면 어렸을 적의 기억도 아물아물한 친척을 만날 수도 있다. 그간 고생하다가 도시의 변두리에 사놓은 땅값이 천정부지로 뛰어올라서 사람노릇 하겠다며 얼굴을 내민 것이다. 서로를 보면서 우리는 자기 자신의 삶을 느끼고 현실을 인정한다.

변두리의 예식장은 시장바닥처럼 왁자지껄 소란스러웠다. 오후 두 시에 있었던 결혼식의 혼주가 살아 있었더라면 내 또래였다. 그 친척은 일 년 전에 암으로 죽었다. 혼주가 없는 자리에는 신랑 엄마 혼자 달랑 앉아있어서 썰렁했다. 콧물을 훌쩍거리던 어릴 적에 시월시제 날 선산에서 함께 뛰어놀았던 그 친척이 생각나서 기분이 이상했다.

식장의 가운데 붉은 카펫을 따라 걸어오고 있는 신랑을 보면서 코끝이 찡했다. 제 아비처럼 빼빼 마르고 조그마한 체격이었다. 목사는 지루하게 설교와 기도를 되풀이했고, 나는 듣다말다 하다가 죽은 친척의 모습을 떠올렸다. 어쩌면 친척의 영혼이라도 복작거리는 예식장 어느 한쪽에서 눈여겨보고 있지나 않을까.

내 아이의 결혼식 때도 고이지 않았던 눈물이 났다. 뭉클한 그 감정이 터질 듯 복받쳐서 혼이 났다. 내 가슴 저 아래서 밀고 올라오는 감정의 움직임을 느꼈다. 남의 설움이 내 슬픔이라고, 만약 내가 죽고 없었더라면 우리 아이들도 이와 비슷했지 않았겠는가 싶었다.

천리 길을 마다 않고 얼굴을 내민 친척도 있다. 고향에 태어나 예순이 될 때까지 농사를 지으면서 선산과 집을 지키고 있는 사람이었다. 새벽 고속버스로 여섯 시간을 달려서 왔노라고 한다. 하루 묵고 가라고 말했는데, 농사 일로 급히 내려가야 한다고 한사코 손을 내저었다. 늦은 밤에나 집에 겨우 도착할 친척의 마음이 가상하다.

또 친척끼리 함께 사업에 투자를 했는데, 사기를 치고 잠적하여 전혀 수소문도 안 되는 친척도 있다. 그렇지, 남보다 가깝다가 더 멀어진 사이가 되어버렸겠다.

아이들의 교육 때문에 기러기 아빠가 싫어서 아예 가족 모두 미국으로 이민을 간 친척도 있었다. 신천지에서 자식이 성공하면 보람 있을지어다.

산다는 일이 어찌 자유롭기만 하랴.

어찌 고통뿐이기만 하랴.

산다는 것은, 가끔 꿈에 나타나는 선조들의 모습인지도 모르겠다. 말로 다 형언할 수 없는 불가사의不可思議함이 사람들에게도 존재한다.

결혼식이 끝나기도 전에 밥을 먹거나, 사진기 앞에서 있다가 하나 둘 헤어지는 것도 무상하다. 다시 그

들을 만나게 될 일은 또 생기겠지만, 갈수록 기약 없
는 노릇이다.

　인생의 삶에 무슨 대차대조표며 결산이 있겠는가.
그저 상대적 비교평가를 하는 세태 때문이며, 소리
없이 꽃잎이 떨어지듯 세상을 지워버리는 우리의 허
망한 일이지.

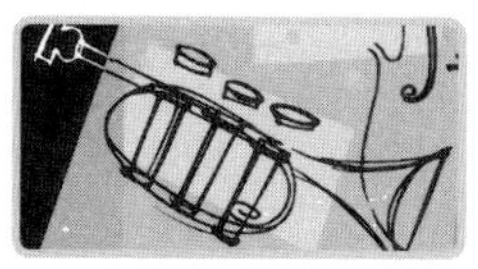

장례식장에서 들은 말

나이가 들수록 지인들의 장례식에 자주 가게 된다. 보름 전에는 교통사고로 돌아가신 사촌 형님의 문상을 갔는가 하면, 일주일전에는 중풍으로 고생하셨던 친구 장인 장례식에 갔다. 몇 달 새에 장례식이 줄을 섰다. 앞으로도 누구일지는 모르지만 더 빈번하게 계속 문상을 가게 될 것이다.

그러다가 언젠가는 나도 저승 문지방을 넘어가게 될 터이다. 하기야 장례식은 결혼식처럼 미리 일정이 잡혀있는 것도 아니다. 이런 내 말을 듣는 가까운 사람들은 '뭐 그리 재수 없는 소리를 다 하느냐'고 내게 핀잔을 줄지도 모른다. 그러나 서로 체면 때문에 위로해주는 척하지만 내심으로는 장담할 수 없는 현실에, 말을 했던 당사자도 스산한 마음을 느끼리라. 전혀 안 죽을 것처럼, 또는 죽더라도 경박하게 함부로 말을 뱉는다고 하늘의 섭리가 중단되겠는가. 갈 때가 되었는데 피하고 자시고 한다고 피할 수 있는 일도 아니다.

하긴 인간들이 죽음에 대한 언로言路를 가급적 금기시하는 이유 중 하나는, 그 낱말이 주는 두려움 때문일 것이다. 그렇다고 죽음을 피해 갈 사람은 어디에도 없다.

아무튼 나는 부랴부랴 지방으로 가는 고속버스터미널 매표소에서 동료를 만나 마침 대기하고 있던 버스에 바로 몸을 실었다. 갑작스런 선배의 부음을 전해 듣고 지방도시의 대학병원 영안실에 도착했을 때는 어둑어둑했다. 상가에는 사람들이 많아서 웅성거리며 복작거렸다. 여느 장례식장과 다를 바 없었다.

장례식장에 앉아있던 망인의 부인이 우리를 보며 울먹거리더니, 선배가 죽은 경위를 말하는 것이었다.

"오후에 경찰서에서 전화가 왔었지요. 국도에서 시외버스와 그이가 탔던 승용차가 정면으로 부딪쳐서 현장에서 사망했다는 거죠. 시신을 확인할 때까지만 해도 아마 다른 사람을 잘못 보고 전해주었을 거라고 믿었지요. 아니, 그렇게 믿으려고 했어요. 그렇게 허망한 일을 어떻게 믿겠어요."

"혹시, 누가 선배님과 함께 타지는 않으셨나요?"

"글쎄 말예요. 혼자서 운전을 했나 봐요. 평소에도 내가 먼 곳에 전도하거나 교회에 갈 때는 대중교통을 이용하라고 그렇게 말렸는데, 어찌나 고집을 부리는지 내 말을 들어야지요. 목사 안수를 받은 후에는 목회 나가는 게 일이었어요. 아이들도 어린데……."

그녀의 퉁퉁 부은 얼굴을 보자, 부인도 여태껏 당뇨와 고혈압으로 고생하고 있다는 선배의 전화를 받았던 기억이 났다. 나는 위로랍시고 몇 마디를 한 다음 동료와 소주잔을 비웠다.

"나는 아직 얼떨떨하기만 하네. 어떻게 이런 일이 가까운 선배에게 일어나리라고 생각이나 해봤겠어. 그저 드라마에서나 나오는 남의 일이라고만 생각했지."

"글쎄, 나도 전혀 실감이 나지 않는 걸."

"아이들도 어린데, 병색이 짙은 선배부인이 참 안 되었군 그래."

밤늦게까지 지새우다가 이튿날 새벽 첫 버스를 타

고 온 동료의 말은 이어졌다.

"이상하게 눈물도 안 나오지? 어찌 바꿔서 생각하면 우리가 당할 수도 있는 입장이기도 한데 말이야."

버스는 엔진소리만 웅웅거리며 고속도로를 달리고 있었다. 우리는 차창 밖으로 아직 부윰한 날빛을 보며 아무 말 없었다. 언젠가 죽은 선배가 내게 우스개로 한 말이 불현듯 떠올랐다.

'어떤 책에서 보았는데 말이야. 원래 동물한테는 죽음이 없었는데 섹스와 번식이 부과되면서 죽음이 생긴 거래. 새로움이 있으면 헌 것은 자리를 비켜나지 않겠나?'

나는 썰렁함을 내보내며 점점 훈훈해지는 버스 안에서 별 생각이 다 들었다.

이승과 저승의 영혼들은 서로 교감하기가 어렵겠지만 언젠가는 만날 수 있겠지. 산다는 건 죽음에 대한 공포를 살짝 눌러놓고 짧은 시간을 유야무야 보내는 일이다. 죽는 것도 가지가지인데 하필이면 교통사고냐. 세상의 모든 이치를 통달한 것처럼 자상한 말씀을 곧잘 해주는 선배였다. 하기야 죽는 시간과 장소를 알면 내가 하나님이지.

그리고 보면 영안실이나 신생아실의 차이란 별거 아닌 것 같다. 그 두 공간에 선 시간이라는 유예猶豫의 고통은 누구나 지니고 있을 뿐이다.

생성과 소멸의 차이를 생각하자면 누구에게나 오는 일인데 굳이 억울할 건 없다.

대략 나이가 들면 여생이 얼마나 되나 하고 짐작해 보지만, 그 또한 막연한 짓이다. 뭐, 염라국 담당대왕과 통신을 주고받은 것도 아니고, 또 대왕께서 알고 계신들, 내게 업무상 기밀을 누설할 리는 애당초 없을 것이다. 나의 속 좁은 깜냥으로 이제까지 살아왔던 바를 유추하면서 죽음 앞으로 갈 일이다.

죽음의 시점을 누가 알랴. 마치 증권시장의 그래프처럼, 어디가 바닥이고 어디가 천장인지는 때가 지난 후에야 알 것 아닌가. 그저 돌아가신 이들의 소멸을 보면서 나의 저무는 석양빛을 감 잡아야 한다.

어차피 휘뚤휘뚤 가는 시간은 한정되어 있다. 이승에서의 즐거움이란 그저 이런 망상마저 즐거움으로 편입될 것이다.

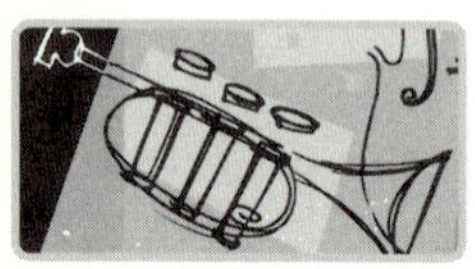

책 안 팔리는 시대

사무실은 낡은 건물 6층에 있었다. 작은 사무실 안에는 몇 십 권쯤 되는 신간서적과 벽에 붙은 그림 석점. 한쪽에는 반품된 것으로 보이는 책들이 쌓여있었다. 썰렁한 날씨 탓도 있겠지만 묵은 먼지가 잔뜩 낀 분위기는, 아무래도 낡은 건물과 아울러서 복도에 즐비하게 늘어섰던 사무실들의 제각각 다른 문짝들이 내게 주는 느낌 때문이었는지 몰랐다.

스물대여섯 살쯤 되는 젊은이가 일어서더니 누굴 찾아왔느냐고 물었다. 내가 사장님을 찾아왔다고 대답하자, 잠깐 앉아 계시라고 말하면서 출입문 밖으로 나가버리는 것이었다.

나는 둘레둘레 사무실 안을 훑어보았다. 그리고 반쯤 가림막으로 막아 선 옆쪽에서 컴퓨터로 열심히 작업을 하고 있는 또 다른 여사무원을 그제야 발견했다.

그다지 넓지 않은 사무실에 유화풍경의 그림달력과 유화 액자 세 점이나 걸려있는 것으로 보아 사장은 그림에 대한 호감을 꽤 갖고 있는 사람이라는 생각이 들었다.

가스난로가 타올라 무릎께가 점점 뜨거워지자 나는 안쪽인 소파로 자리를 옮겼다. 십여 분이 지났을 무렵, 조금 전의 젊은이 뒤를 따라 오십대 후반의 껑충한 남자가 문을 열고 들어섰다.

"전화해주신 분이지요?"

마른 얼굴에 웃음을 띤 남자는 성깔이 좀 있어 보였다.

"어떤 책입니까?"

나는 미리 적어온 도서목록을 안주머니에서 꺼냈다. 사장이 목록을 훑어보면서 말했다.

"많군요. 서점에 깔렸다가 반품된 게 많아요. 이렇게 좋은 책들이 안 팔린다니까 나도 할 말이 없지요. 일부러 출판사에 직접 찾아오셨으니까, 싸게 드려야죠."

사장은 반품된 책 더미 안에서 목록에 적힌 책을 한

권씩 찾아내었다. 그러면서 조금은 나에 대하여 친근한 마음이 생겼는지 묻지도 않은 말을 꺼내기 시작했다. 그는 아마 내가 작고한 소설가 Y선생에 관하여 몇 마디를 했던 것보다는, 열 권이 넘는 Y선생의 저서를 대부분 구입한대서 관심이 있는 듯했다.

"힘들어도 누군가는 해야 할 일인데…… 참 대단하십니다."

내가 위로로 한 말이 끝나기가 무섭게 사장은 입을 열었다. 표정은 처음에 비해 갑자기 굳어졌고, 사무실에 매달려있는 희미한 형광등보다 어둡게 느껴졌다.

"그렇습니다. 문학이론서들은 찍어봐야 별로 남는 것도 없고, 자금회전도 어렵지요. 출판사의 일이 책장사로 신경쓰다보니, 출판도 판매도 다 어중간합니다. 저도 IMF 전에는 직원 열댓 명을 데리고 잘나갔습니다마는……."

"그렇더군요. 제가 아는 몇몇 사업하는 분들도 그런 경우가 많았지요."

"사실은 C대학교에 게시는 K교수님께서 Y선생님

의 유고를 가져왔을 때, 그분이 정말 훌륭한 분이란 걸 알았습니다. 예전 같으면 고민하고 말고 할 까닭이 없이 곧바로 출판을 했어야지요. 그런데 지금의 출판업계 형편으로 봐서는 겁부터 먼저 생깁니다. 일반 대중을 상대로 하는 책들도 그러한데, 문학이론서는 더 막막하죠. 그러나 이런 이론서는 문학도들에게 꼭 필요한 책이니 Y선생님께서도 출판되기를 지하에서 원하고 계실 것입니다.”

우리는 커피를 마시며 말을 주고받을수록 Y선생님에 대한 문학세계와 인품을 이야기하면서 서로 공감대를 확인하게 되었다.

젊은 남자직원이 사장에게서 책 목록을 받아가지고 나가더니 이십여 분 후에 들어왔다.

“나머지 책 가져왔어요.”

“야, 거기다 놔라.”

사장이 말하자, 직원이 한 뼘 높이의 책들을 책상에 올려놓았다.

“아, 이 책들을 내일 오전에 퀵서비스 편에 보내주시면 안 될까요? 제가 어딜 좀 들를 데가 있어놔서요.”

나는 미안하여 사장의 눈치를 살펴보았다.

"그렇게 하지요. 야, 아무개야, 내일 발송? 알았지?"

아무리 나이 어린 직원이지만 조금 함부로 대하는 것 같은 느낌이 들었다. 직원이 다시 밖으로 나갔다. 사장은 내가 의아하게 생각한 것을 눈치를 챘는지 슬며시 웃으며 남의 일처럼 말하는 것이었다.

"저 녀석은 제 아들이고, 저쪽에서 일하고 있는 애는 딸입니다. 마땅한 일자리도 없고 애비가 하는 일이 힘들게 보였던지 도와주고 있습니다. 일테면, 쟤네들하고는 부모자식 인연보다 더한 공부로 맺어진 인연인 모양입니다. 허허허."

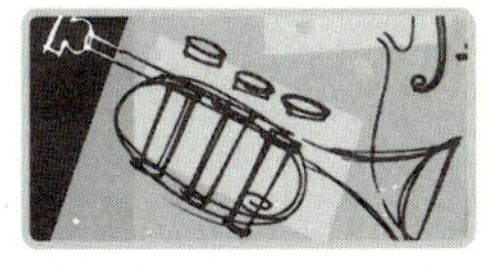

명절 증후군

우리 집에는 꼭 음력이 병기된 달력이 필요하다.

제삿날은 음력으로 지내는데, 일 년이면 설과 추석 명절을 빼더라도 제삿날만 다섯 번이다. 증조부모님 제사는 고향 선영에서, 할아버지 내외분은 할아버지 기일에, 아버지와 어머니는 아직 자식들이 줄줄이 살아있으므로 각각 따로 지내고, 무남독녀 외딸이셨던 어머니의 부모 즉, 외조부모님의 제사는 외할아버지의 기일에 함께 지낸다.

다행히 이번 외조부모님의 제삿날은 늦가을 일요일이었다. 출가한 누님들도 모처럼 오시고 하여 외롭게 가신 그분들께 여느 때보다는 조금 덜 미안했다. 축문을 읽으면서 여러 생각이 교차했다. 살아있는 자가 이미 저승에 있을 분에게 기원하는 의미가 소통할 수가 있을까. 간절한 소망은 욕망에 의하여 일어나는데, 내 마음 편하고자 제사음식을 가득 차려놓고 사자死者를 불러내어 생자生者의 편익을 전달하는 의식이라니.

지방과 축문을 불사르기까지 시간 남짓이 지났다. 너무 빠르지나 않았을까. 그 시간이면 살아있는 자들의 식사시간으로야 충분하지만 영혼들의 시간과는 맞는지 모르겠다. 저승과 이승은 저 하늘 끝에 맞닿아 있을까. 하기야 혼들의 시공간이, 살아있는 자들과 일치하지 않거나 없을 수도 있다.

누님들은 말하기를, 우리 외조부모님은 정말 우리를 사랑하셨노라고 하며, 그건 엄마가 외딸이라 더 그랬을 거라고 했다. 누님들은 덧붙여 내가 장손 아들이라서 특히 더했을 것이라는 토를 붙였다. 따지고 보면 조상은 내 모태와 개체를 만들어주신 분들이다. 나는 그 말에 백 번이라도 동의한다.

외할머니는 어렸을 적부터 소아마비가 있으셨다. 다리를 절름거리시면서 이십 리 길의 우리 집에 오셔서도 내 이름을 부르며 찾았다. 삶은 고구마나 옥

수수를 가지고 오셔서 어린 내가 먼저 먹어야만 꼭 다른 사람들에게 나누어주었다. 엄마는 아이 버르장머리 없어진다고 말렸지만, 외할머니의 고집을 꺾진 못했다.

요즘 제사상을 즐거운 마음으로 차리는 사람들은 그다지 많이 없을 것이다. 사실 어머니가 돌아가시기 전에 내게 한 말이 있었다. 며느리한테 미안하니 외가의 제사는 지내지 말라고. 그러나 쭉 지내오던 제사이고 보니, 지금까지 아내의 눈치를 보았지만 별 이야기 없어서 그냥 지내온 터다.

딸 하나 남겼더니 외손자가 기일을 기억해두어 제사상을 차라리라고 생각이나 했겠는가. 땅끝 시골에서 서울까지 혼령이 오셔서 흠향歆饗하시게 될지는 모르지만, 죽은 이들이 세상을 떠나신 날이 살아있는 후손들끼리 더욱 돈독한 우애를 만들어준 계기가 되었으니 좋은 일이다. 하긴 제사가 후손들에게 무거운 짐이 되는 일은 돌아가신 조상님들께서도 원치 않을 것이니까.

달력에 동그라미가 그려진 숙제 한 개를 지웠다는

의미로 아내는 홀가분함과 안도의 눈빛을 내게 보낸
다. 그래도 아내는 정성을 드린 것처럼 무슨 간절한
소망 하나쯤은 빌었겠지. 간절하면 조상님들도 들어
주실 것이다. 사실, 나야 외손자니까 그렇다 치고 아
내의 입장에서 본다면, 시부모도 아니고 생면부지의
남편의 외갓집 조부모의 제사 준비가 가당키나 한 노
릇인가.

　아내와 가끔 제수용품을 사러 시장에 가보면 이거
장난이 아니다. 물가가 비싸서 간소하게 차리자고 하
면서, 이것저것 얄팍하게 몇 가지만 사도 비용이 꽤
만만찮게 드는 것은 고사하고 막상 집에 와서 음식재
료를 풀어서 장만하는 일은 더더욱 힘든 노릇이다.
　요즈음 방송에서 명절 무렵에 주부 명절피로증후군
이 어쩌구저쩌구하는 소리를 들으면, 나는 아내에게
고맙기 그지없고 무척 미안함을 느낀다.
　설날이면 곤란한 일이 한 가지가 있다. 조상님들 숫
자대로 떡국을 차리자면 여러 그릇이다. 익을 대로
익어 팍 퍼진 떡국을 먹을 사람은 없으니 그걸 놔두면

내가 다 먹어야 한다. 어려서부터 아내가 제사상을 차리는 것을 본 아이들은 그러려니 하나보다 했더니, 그게 아니다. 간편하게 차리면 어떨까 하고 조심스럽게 내 의향을 떠본다.

나는 아이들에게 말했다. "나도 별수 없다. 나 죽으면 내가 좋아하는 치킨 프라이드 한 마리와 깡통맥주만 올려놓으면 된다"고 했다. 큰아이가 웃으면서 "아빠가 좋아하는 과일도 추가할게요" 한다.

나는 곧 죽어도 제사상을 차리지 말라는 말은 하지 않았다. 아이들도 어른이 되고, 어른들은 노쇠하여 지표의 부스러기로 스러질 터이고, 죽어서 확실하게 제삿날을 찾아올지 어떨지도 모르면서. 풍습이란 이렇듯 우리의 의식에 전이된 것이다. 죽은 자와 살아 있는 자의 간극은 당연히 산 자의 잣대에 맞춰진다.

가만히 생각해보면, 고대국가들의 제천의식에서 유래된 이 본질은 하늘에 대한 두려움이 아니었겠는가. 아득한 태고의 대자연과 인간의 대화가 단절된 지도 이미 오래되었고, 전지전능했던 신들의 시대가 가버렸으니 이것도 유명무실해야 되는지는 모르겠다. 신이 없는 자리에 인간이 서있다고 해서 자연의 섭리 대신 신의 초월적인 자리를 차지할 수 있을까.

인류의 대물림이 이어질지 끊어지게 될지는 아무도 모른다. 내가 있고서 인류가 있다. 나를 만들어준 어른들은 지금 어디 계시는가.

앞으로 제례의식이 얼마나 가게 될지도 모르겠다. 벌써 남성 중심의 사회체제는 남녀동등으로 법제화된 지 오래되었다. 천지의 음양이 거꾸로 바뀌고 있다고 한다. 남성의 근육이 수축되고 여성이 좋은 머리로 출세하는 시대다. 남성 가부장제의 폐해가 핵가족의 해체를 넘어서 '나 홀로 시대'를 열고 있지 않은가.

디지털 이전의 농경사회의 잔재라고 별 편법을 동원하여 제사를 지내지 않는 사람들도 많다고 들었다. 성현이신 공자님께서 동양사회의 제사의식을 정신문화화 했고, 현재 평생보험의 위력만큼 유지되어왔다는 것도 수긍이 될 만하다. 살아있는 자식이 죽은 조상을 잘 모시는 전래를, 후손들은 또 후손에게 계속

이어지도록 했을 테니까.

　현실에 영악한 인간들이고 보면, 과학이라는 잣대를 빙자하여 제사의식을 어떻게 변모시킬지는 나도 잘 모르겠다. 이러하니 사후까지 통찰하자면 얼마나 머리가 복잡하랴.

　살아있는 자들에게 돌아가신 이가 기억소의 추억으로 자리매김하는 일이 꼭 나쁜 일만도 아니지 않은가.

　이제 소망보다 절망을 가까이 보게 된 우려의 눈빛으로 나는 다시 달력의 동그라미를 헤아린다. 조상들이 살았던 수만 년의 시간들은 다 어디로 갔는가.

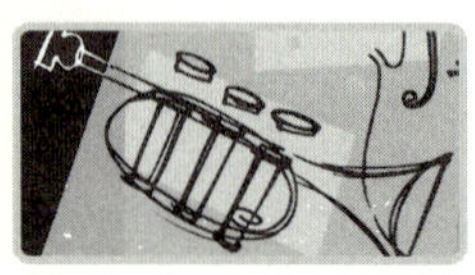

그림 속을 걷다

걸었다. 많이 걷고 걸었다.

전시회가 이틀밖에 남지 않았다는 걸 알고 맘먹고 갔다. 지하철 바깥으로 나와서 시내버스를 타고 내려 시청 앞 횡단보도를 건넜다. 동그랗게 만들어진 잔디광장을 둘러싼 꽃들의 함성. 인위의 화분들은 빨갛고 노랗고 파르스름한 색깔들을 뱉어내고 있었다. 대한문 앞에는 네덜란드의 화가 렘브란트의 그림 전시를 알리는 홍보 현수막이 크게 붙어 오후의 햇빛에 드러났다.

매표구에서 덕수궁 돌담길까지 그림을 보러 온 인파의 줄은 길게 늘어서 있었다. 바로크시대 거장들의 그림들이 함께 전시되었다는 곳의 입장료는 꽤 비싼 편이었다. 석조전 1, 2층을 구분지어 전시된 그림을 보는 관객은 움직이기 어려울 정도로 가득 찼다. 전시실 네 곳을 돌았다. 여성의 나체가 어두운 색채와 빛의 그림자로 대비되어 예술로 승화되었다는 해설은, 다분히 도식적인 것 같았다.

그런데 아무리 돌아다니며 눈을 비비고 보아도 렘브란트의 그림은 보이지 않았다. 나는 다시 1층으로 내려가서 안내자에게 물었다. 렘브란트의 그림은 어디에 있느냐고. 2층 구석진 곳에 손바닥만 한 2호 규격의 그림이 잘 모르는 그림들 사이에서 얼굴을 삐죽 내밀고 있었다. 수십 점의 바로크시대 화가들의 그림 중 렘브란트의 그림은 딱 한 점이 걸려있을 뿐이었다. 한마디로 사기를 당한 느낌이었다. 그렇다면 홍보 현수막이나 방송에다 '렘브란트' 대신에 '바로크' 시대의 그림 전시회라는 문구로 선전했어야 했다.

그림들을 훑어보고 오랜만에 덕수궁 안을 천천히 돌아보았다. 가을 햇살은 차츰 힘을 잃었다. 둘 혹은 서넛씩 사람들은 나무벤치나 기단석 가장자리에 앉아서 편안한 모습으로 담소를 하였다. 조무래기들은 화구를 펼쳐놓고 그림을 그리고 있었다. 천진난만하게 만화처럼 그려져야 할 아이들의 그림은 어정쩡하게 어른들이 그리는 그림의 '짝퉁' 이다. 텔레비전을 보며 자란 아이들이 빨리 어른을 닮고 싶어하는 건 당연할지도 모른다. 고궁 안은 사람들의 그림으로 가득 찬 느낌이다. 나는 천천히 고궁 밖으로 빠져나왔다.

또 걸었다. 발바닥을 타고 올라오는 피로는 대퇴부로 퍼지며 이상야릇했다. 육신은 피로를 감지하면서 주저앉기를 바라나 정신은 욕망을 좇아 나아가는 것이다.

고가도로를 뜯어치우고 다시 개천으로 만들어진 곳이었다. 전기모터를 사용하여 인공의 물결을 만든 장소를, 시민들은 시장의 노고를 치하하며 박수를 쳤다. 원래의 자리에 고가도로가 번영의 상징으로 만들어진 것은 불과 40년 전 일이었다. 재건과 번영의 상징이 낡은 시대의 유물이 되어 헐리었다. 사람들은 새로운 형태의 인공구조물에 박수를 쳤고 축하의 고무풍선을 날렸다. 짓고 까부수고 다시 만들어야 직성이 풀리는 인간들의 발전이 인류사를 만들었다. 이 개천 또한 얼마나 곤혹을 치르며 또 다른 시대의 사람들에게 천덕꾸러기가 될까. 사람들의 마음이 하도 조변석개朝變夕改라서 걱정부터 앞선다.

　청계천의 맑은 물은 콘크리트 구조물들 사이를 지나 흐르고 있었다. 물줄기가 유턴하여 다시 돌아가는 입구에서는 청계천 준공 2주년을 기념하는 가요제가 열리고 있었다. '마포종점'이 구성지게 울려 퍼졌다. 최초에 그 노래를 불렀던 흘러간 가수 자매가 노랑 한복을 입고 있는 시든 꽃 같은 모습으로 무대에 서 있었다. 나이가 지긋한 백여 명 정도의 청중들이 열심히 듣고 박수를 쳤다. 박수를 받은 가수들은 얼굴에 웃음꽃을 가득 피웠다. 아직 살아있다는 안도의 마음을 가수와 청중은 공유하고 있는 걸까.

　나는 아까 시청 앞 광장을 장식하고 있는 대형화분들이 머금고 있는 예쁜 꽃들의 표표한 모양이 떠올랐다. 꽃들은 사람들의 즐거움과 상관없이 식물의 법칙에만 충실할 것이다. 그 자연은 인간에 의해 치장되고 아름다움의 대명사로 각인되었을 뿐이다. 내 눈에 전혀 보이지 않는 세상의 꽃들은 얼마나 많을까. 그 사라지는 꽃들을 나는 볼 수가 없다. 내 의식 또한 머잖아 추락할 것이며 몸은 공기로 분해될 터이므로.

그런데, 뭇사람들도 제각각 의식과 몸 따로 떠다닐까.

광화문에서 조계사 뒷골목을 거쳐 불교용품 가게들이 늘어선 보도를 걸었다. 붓다의 자비로움은 살아있는 중생들의 생활까지도 애틋하게 돌보는 건가. 금빛으로 번쩍이는 석가모니의 모습에서 타버릴 양초에 이르기까지 의식에 쓰일 온갖 물건들이 쌓여 있었다. 살아있는 자들의 욕망은 성스러운 의식을 빙자하여 허례의식만 켜켜이 늘어간다.

남루한 섬유쪼가리를 걸치고 설산에서 석가모니가 깨우친 의미는 무얼까. 그 의미를 제각각 사유하는 인간들은 해석조차 이생의 잣대로 가늠하리라.

다시 종로1가를 지났다. 왕복 8차선의 도로에 가득한 차량들은 멈추고 달린다. 길이란 사람들이 죽음으로 가는 시간이다. 함께 걸어가는 사람들은 당시대의 기쁨과 슬픔을 공유한다. 물이 졸졸 흐르는 청계천을 따라 물처럼 흐르는 인파를 지나 광교 위로 다시 올라왔다.

무교동 먹자골목은 청사초롱을 내걸어 사람들의 식욕을 유혹하고 있었다. 낙지, 감자, 돼지고기, 소고기, 메밀, 생선 따위가 음식재료로 쓰일 가게들이 모인 오밀조밀한 골목을 지났다. 저 많은 생물들은 인간들의 몸을 유지하기 위하여 기꺼이 먹이가 되어주었구나. 먹이사슬의 정점에 있는 인간이라는 자들도 시간의 먹이가 될 것이다.

시청 앞으로 다시 돌아왔다. 낡은 시청은 총독부시절 지은 건물이다. 침략한 자들은 침탈한 땅 위에 자신들의 표징을 세웠다. '피지배민족을 노예로 부리자면 정신을 빼앗아야 한다. 우리는 같은 사람이지만 천황의 후예이므로 모든 것이 너희들보다 위대하다. 서양 짝퉁건물을 크게 지어 너희들의 코를 납작하게 만들리라.' 제국은 몇 십 년 동안 강도짓을 하다가 단 두 방의 원자폭탄으로 무너졌고 섬으로 도망갔다.

구 건물 뒤에다 새로운 시청 건물을 현대식 고층건물로 짓는다고 한다. 구조물들은 살았던 사람들의 흔적이다. 사람이 죽어도 건물은 남듯이, 건물이 무너져도 시간은 남는다.

시청 건물에 붙은 대형시계를 쳐다보면서 나는 인파에 섞였다. 해는 시계바늘처럼 빌딩숲 뒤로 기울어졌다.

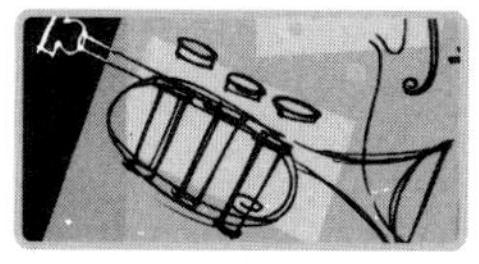

죽을 때는 말없이

벌초를 하러 천리 머나먼 고향 길을 다녀왔다.

아우는 무거운 몸으로 제초기를 짊어지고 웃자란 잡초를 훑어나갔다. 나는 해마다 하던 것처럼 사방 이십 리 길을 급하게 재촉하며 건성으로 이틀을 돌아다녔다. 증조부 아래 네 군데로 흩어진 조상들의 묘지 때문이다. 농경사회의 단순하고 느긋한 생활에서나 묘소를 아끼고 돌보지, 벌초가 전설처럼 되어버릴지도 모른다. 명당이라고 여기저기 떨어져 있는 묘소들은 도회지의 삶에 찌든 후손들에게는 큰 짐으로 작용한다.

하기야 조상들께서는 당시대의 기준으로 많은 노력과 품을 들여 후손들의 발복을 기원하면서 명당을 고르셨을 거다. 음택과 양택을 선호하는 한국과 일본이 다르듯이 나라마다 풍습이 있다. 이미 흙 속에 묻힌

213

지가 오래 되었음에도, 집안 일이 안 풀리면 묘 자리가 나빠서 그렇다고 새로 이장하는 사람들도 많다. 풍수지리사상이 이 나라 사람들에게 영향을 준 것이 하루 이틀이 아니다.

우연의 일치인지 몰라도 어떤 이는, 경기도 포천에서 부모의 묘를 용인으로 이장하여 도전 4수 만에 대통령이 되었다하여, 그 묘지를 구경하려고 전국 각지에서 사람들이 모여들었다고 한다. 또 어떤 이는, 금곡에 있는 부모의 묘 밑으로 터널이 생겨서 대통령에 떨어졌다며 다시 충남 예산으로 옮겼다고 한다. 그 후에 그 분은 대통령 도전 3수의 기록을 남겼다.

나라의 지도자들마저 이 지경이니 일반 사람들이 조상의 묘에 신경을 쓰는 일은 당연할지도 모른다. 죽은 조상의 영혼이 살아있는 후손과 교감한다는 믿음이 있기에 가능한 일이다.

조선왕조에서는 죽은 임금의 상제문제로 정파끼리 싸움이 난 게 한두 번이 아니다. 그만큼 죽은 이의 혼령이 살아있는 자들에게 영향을 미친다는 믿음을 가지고 있었던 모양이다. 이전의 거의 모든 사람들은 유교사상을 삶의 전부로 받아들였기 때문에 죽은 조상을 기리고 제사 모시는 것을 가문의 영광과 보람으로 알았다.

그러나 지금의 후손에 이르러서는 그 자랑스러웠던 덕목이 머리를 싸매야 할 판이다. 유교의 사회적 가치가 붕괴된 지금, 후손들은 이제 조상으로부터 당장 어떠한 정신적 물질적 보상을 받지 못하고 가파른 세상살이를 하면서 부담을 가진다.

요즈음은 화장장이 유행처럼 번지고 있다. 벌써 국민들의 65퍼센트가 화장장이나 납골무덤을 선호하고 있다는 보도가 있었다. 현대인들의 바쁜 일상의 속성과 맞물려 주검을 치우는 의식마저 간편함을 선호하고 있음이다. 또한 우선 대도시 주변에는 무덤을 확보하기가 쉽지 않을 뿐더러 그 비용도 만만치 않다. 서울에서 두 시간 정도 떨어진 공원묘지 한 기에 수백만 원을 넘은 지도 오래되었다.

수천만 명이 사는 수도권에 화장터라고는 벽제와 성남 두 곳뿐이다. 벽제 화장터나 성남 화장터나 대기시간이 길어서 이튿날까지 넘기기가 비일비재하다고 한다.

화장터가 더 필요한 것은 모두 인정하고 있으나 님비현상 또한 여전하다. 서울시에서 청계산에 화장장을 하겠다고 나선 지가 벌써 몇 년이 흘렀지만 반대가 만만치 않아서 표류하고 있다. 하남시에서는 시장이 화장장을 만들려다가 주민들에게 폭행을 당한 것은 물론이고, 탄핵을 받아 재선거를 실시하여 간신히 다시 시장노릇을 하고 있는 터다. 그러니 화장터는 필요하지만 결국 자기 자신들의 지역에 설치하면 안 되겠다는 논리다.

앞으로 수도권의 인구는 더욱 증가할 것이며 따라서 죽는 사람 역시 늘어날 것인데 어떻게 될지 모르겠다. 사는 일도 힘이 드는데, 죽은 다음에 처리도 쉽지 않은 현실이다.

한식날이나 명절 무렵이면 도시에서 묘지까지의 교통상황은 가히 전쟁에 가깝다. 아무리 승용차를 가져 간다한들 고향과 대도시간의 거리에 따르는 물리적 소모가 해마다 발생한다.

그래서 풍습도 살아있는 자들 위주로 바뀌는가보

다. 요즈음에는 유럽 일부국가에서 이미 시행한다는 수목장으로 묻힌 이들도 꽤 많다고 한다. 유골은 나무의 밑거름이 되어 자연의 일부로 되돌아가는 것이다. 땅에서 나와 흙으로 가는 건 당연지사다.

사실 나라마다 종교나 삶의 방식에 따라 장례풍속은 다르다. 티베트처럼 천장을 하거나 몽고처럼 풍장을 하는 곳에서는 땅 속에 매장을 하게 되면 난리법석일 게다. 대개 사람들은 타인과의 비교에 민감하므로 평균에 미치지 못하면 불효막심한 죄책감이 들어서일지도 모른다.

이미 신이 죽은 마당에 살아있는 인간들이 추구할 일은 무엇일까.

해마다 추석 무렵이면 조상묘지의 벌초에 부담을 느낀다. 잠깐 숙제를 마친 후 무거운 생각이 나를 더 짓누른다.

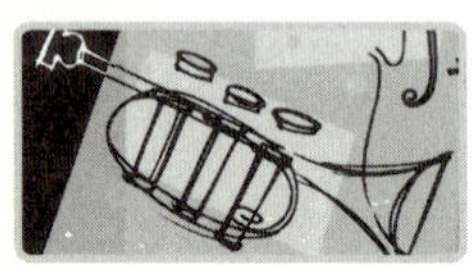

스님과 부처님

　장모님의 기일이었는데, 납골당이 있는 절에 모셨던지라 아내와 함께 갔었다. 우수가 지나서 쌀쌀한 날씨는 많이 풀려있었다. 나는 대웅전에 들어가서 불상 앞에서 수없이 머리를 조아렸다.

　밖으로 나오니 간당간당 흔들리는 나무꼭대기에서 까치가 소리를 냈다. 아내가 종무소에 가 있는 동안 나는 대웅전 외벽에 그려진 그림들을 둘러보았다.

　심우도尋牛圖는 10쪽의 그림으로 이어져 있었다. 인간의 본성을 찾아 깨달음에 이르는 과정을 목동이 소를 찾는 것에 비유한 내용이었다. 그 8쪽에 해당하는 그림이었다. 그림 옆에는 글이 적혀 있었다.

　―아무도 없다. 소도 사람도 없다. 없다는 놈도, 없는 것을 아는 놈도 없다.

한참동안 글을 이리저리 뜯어봐도 잘 알 수 없는 선문답이었다.

성안스님에게 물어보았더니, 여덟 번째 해당하는 그림은 상망相忘인데 서로를 초월한다는 내용이라는 것이다. 물고기가 있다는 것도, 새가 바람을 타고 있다는 것도 잊어버릴 정도의 경지를 일컬은 바, 온통 흰빛의 세계로 정진한 극치이며 허공에 뜬 구름은 일체의 차별을 초월한 뜻이라고 했다. 마음소와 목동이 서로를 비추듯, 목동은 육신이고 소는 정신(마음)이며, 찾으러 다니는 것은 욕심이라고 했던가.

성안스님은 장모님의 사십구재 의식을 맡아 해주던 분이었다. 눈빛이 형형하고 깡마른 편인데 염불할 때는 목청이 우렁차면서 낭랑했다.

스님은 내게 녹차를 따라주었다. 나는 입 안을 적시어 개운한 물맛을 삼켰다. 스님은 입을 열었다.

"사람으로 다시 태어나기란 정말 어렵습니다. 몇 억만 분지 일의 확률로 태어났는데, 다시 인간으로 나오기가 그리 쉽겠습니까."

“사람으로 태어나지 못한다면 무엇으로 태어날까
요?”

내가 물었다.

“축생으로요. 그렇지만 축생 또한 태어나기가 그리
쉽지만은 않을 것입니다.”

스님이 눈을 내리깔면서 대답했다.

“사람으로 다시 태어나려면 어떻게 해야 합니까?”

다시 물었다.

“죄를 짓지 말아야 합니다. 무엇보다 열심히 하심
을 가지고 기도해야 하며 탁한 음식을 먹지 말아야 합
니다. 한번 탁한 음식을 먹게 되면 그 혀끝의 유혹에
자꾸 빠지게 되고 생각조차 탁해지게 마련입니다.”

스님이 합장하며 말했다.

“탁해지다니요? 무엇이 말입니까?”

내가 의아스러워 되물었다.

“이승에서 잠시 행하는 업보를 다시 가져서는 안
됩니다. 자꾸 맑아져야 합니다.”

단호한 표정을 지으며 스님이 말했다.

벌써 여러 차례 마셨음에도 스님은 잔이 계속 비

어있을라치면 녹차를 부어주었다. 새삼스럽게 육즙이 뚝뚝 떨어지는 소고기덩이가 내 머릿속을 굴러다녔다.

이삼일 지나서 절에 들렀더니 스님은 부암동에 있는 개인 사찰에 갈 일이 있다며 내가 운전하는 차에 함께 탔다. 나도 마침 시간이 있어서 스님을 따라다녔다. 부암 동사무소에서 한참을 올라가는 곳인데 제법 널찍한 대지에 콘크리트로 크게 지은 건물이었다. 나이든 비구니스님 두 분과 돈푼깨나 있어 보이는 보살이 집을 지키고 있었다. 성안스님은 늙은 보살과 한참동안 무슨 이야기를 나누더니 집을 나섰다.

성안스님은 풍수지리에도 일가견이 있는 것 같았다. 방금 다녀온 집 뒤에 있는 터는, 봉황이 알을 품고 있는 형국이나 터가 드세어 만약 절을 지으면 밑에 있는 집들이 몽땅 기운을 빼앗겨 큰일이 일어난다는 것이다. 바로 인왕산자락 그늘에 해당하는 곳이었다. 내가 주워들은 상식으로도 600년 도읍지의 중심이니 당연히 터가 그 기운을 크게 발호할 것이라는 생각이 들었다.

차 문을 닫은 후 스님은 내가 묻지도 않은 말을 했다. 누가 소개하여 그 터에 절을 지으면 어떻겠느냐고 물어서 한번 가보았다고 했다. 그런데 아까 보았던 그 늙은 보살을 보자니 독하고 욕심이 많게 생겼는데도, 마음을 비웠노라고 말하며 눈을 껌벅거리는 버릇이 있어 포기하겠다는 것이다.

"처사님, 사람들의 속마음을 누가 훤히 알겠습니까마는, 늙을수록 몸속에 가득 찬 마음은 피하지방 밑으로 줄줄 새어나오는 법입니다. 마음과 육신은 이 또한 닮았다고 할 것이니 결국 모든 건 마음에서 옵니다."

그 후로도 절에 가면, 스님과 담소할 기회가 많아서 어느 정도 가까워진 느낌이었다.

하루는 경기도 여주에 갈 일이 있어서 스님과 동행을 했다. 저녁 무렵의 햇살은 힘을 잃고 있었다. 두 물머리가 합수된 물빛은 넓고 잔잔했다. 승용차 뒷좌석에 타고 있던 스님은 가끔 내게 한마디씩 툭툭 던졌다.

양수리를 막 벗어났을 때였을 것이다.

"스님, 염불하시는 소리가 늘 낭랑하여 듣기가 좋았습니다."

"누구나 마음으로 느끼겠지요."

평범한 물음이 매듭지어지기가 무섭게 무언가 우수가 어린 느낌이 스며들었다. 그리고 룸미러에 비친 스님은 한참동안 물비늘이 번쩍이는 강물을 바라보고 있었다.

"소승은 목탁을 칠 때면 슬퍼집니다."

갑자기 내 목덜미가 서늘해졌다. 왜요? 하고 내가 물을 수 없는 것은, 더 큰 어떠한 힘이 내 목젖을 꽉 누르고 있었음이다. 며칠 전 스님으로부터 우연히 가족관계에 대해 들었다. 대학을 졸업하고 회사를 다녔는데 부도가 났고, 거의 동시에 집안이 풍비박산되는 바람에 누이동생은 수녀가 되었다는. 그래서 자기 자신도 출가하게 되었다는.

나는 룸미러를 통하여 흘깃흘깃 스님의 얼굴을 훔쳐보았다. 그의 표정은 전혀 동요의 빛이 없었다. 춘분을 지난 햇살이 눈부시게 퍼지다가 점점 빛을 거두었다. 남한강줄기의 물결 위로 붉은 노을이 번졌다.

서쪽의 산들과 강물은 벌겋게 물들어 마치 활활 불타
고 있는 듯 보였다. 산등성이에 푸른 기운은 돌고 있
지만 아직 초봄의 을씨년스런 바깥 풍경이 차창을 스
쳐지나갔다.

　아하, 그래서였을까? 파르라니 머리를 깎은 스님
이 목탁을 치며 지심귀명례至心歸命禮를 읊을 적에는
그 목소리에 왠지 울음이 배어있는 것 같았기 때문
이다.

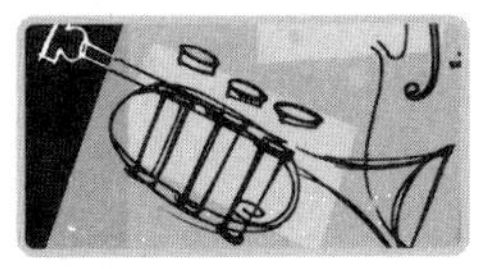

솔잎을 따면서

들녘의 곡식이 노랗게 푹 익어가고 산은 아늑하여 파란 하늘이 무섭게 높다. 한낮의 햇볕은 아직 뜨거우나 무더웠던 여름도 차츰 멀어져간다. 그럴작시면 손톱만 한 달이 차츰 차올라 만삭여인의 배처럼 둥실 떠오른다. 모레면 한가위다.

그간 일기예보에서 겁을 주었던 태풍도 슬쩍 동해안으로 비켜나갔다. 하늘의 노여움이 없다면 농사의 작황도 풍작을 예상한다고 한다. 풍작이 불황에 찌들고 실업자가 늘어가는 도시인들의 삭막한 심사를 어느 정도 헤아려 줄지는 모른다. 여러 가지를 다 수입하여 먹고 사는데 식량이라도 풍족하면 걱정 하나라도 덜어줄 것이다.

송편을 빚으려고 솔잎을 따러 산에 올라갔다. 후텁

지근했을 산속은 선선한 기운이 감돌았다. 소나무 가지에 돋은 바늘 같은 잎들은 수액을 가득 머금어서 그런지 짙은 향을 내뿜었다. 손으로 훑어 따는 바람에 앙탈을 부리는 솔잎 끝이 팔뚝을 꾹꾹 찔렀다.

비닐봉지에 쌓인 짙푸른 솔잎들은 뾰족한 생김새처럼 예리함과 곧은 품격을 지녔다. 송화 가루를 날리며 튀어나온 새 움은 강렬한 햇살과 세찬 비바람을 견디어내며 야무지게 잎과 가지를 만든다.

쌀로 송편을 두툼하게 빚어서 제사에 올리며 먹었던 조상들의 지혜는 참으로 놀랍다. 『본초강목』에 보면, 솔잎은 고혈압, 중풍, 신경통, 빈혈, 천식 등에 좋다고 한다. 또한 솔잎에는 피톤사이드라는 살균성분이 있다고 한다. 그러니까 옛날 사람들이 성분분석을 했는지는 모르지만 송편을 찌는 데 솔잎을 사용한 것은 과학인 셈이다.

요즈음에는 솔잎의 효능을 과대광고하며 무슨 만병통치약처럼 선전하나, 이 땅에서 본래 소나무의 모든 것은 배고픈 사람들의 식량보조제였다. 난리가 나거나 흉년이 들면 송피를 벗겨내어 끼니를 때웠다는 기록이 있다.

떡시루에 바늘 같은 솔잎들을 깔고 하얀 반달처럼 생긴 송편들이 뉘어있는 것을 볼 때마다 느낌이 묘하다. 생김새나 색깔이 전혀 다른 이질적인 물건들이 찰떡궁합으로 맞다니.

한동안 문물에 앞선 일본의 영향 탓인지 향나무가 정원수로 인기를 얻은 적이 있었다. 애국가에 나오는 '남산 위의 저 소나무'는 간곳없이, 그때는 관공서 건물 앞뜰이나 신축건물이나 할 것 없이 어디를 가나 온통 향나무가 판을 쳤다. 삐죽삐죽한 소나무보다는 둥글게 잘 다듬은 연초록빛 향나무가 더 고급스럽게 보인 것도 사실이다. 심미안의 기준을 일본에서 유행한 정원과 조경스타일에 맞추었으니 그럴밖에. 향나무는 다른 나무에 비하여 비싼 값으로 거래되었다.

야생적인 소나무는 인공적인 느낌의 향나무보다 하찮은 대접을 받았다. 당시 일본의 조경에 비하여 한 수 아래인 우리나라의 관련 종사자와 지도층의 무지가 작용했을 탓도 있다. 그 무렵에 소나무를 집 안에 심을 생각을 하던 이들도 그리 많지는 않았으리라.

소나무는 옮겨심기가 무척 어려운 수종이라고 한다. 그러던 것이 사람들의 높아진 문화적 안목 때문인지 묘목부터 길러진 정원용 소나무가 각광을 받더니, 요즈음에는 심심유곡에 있던 적송의 자태를 그대로 도시의 빌딩 앞에서도 볼 수 있다. 오래되고 운치가 있는 소나무는 전문가의 눈독을 벗어나지 못해 잔뿌리가 털려서 대도시로 옮겨진다. 바위와 소나무가 어우러진 자연미를 인간의 욕심에 맞춰 다시 연출되지만 야생으로 있던 맛을 느낄 수는 없다. 누가 강요한 것도 아닌데, 향나무 대신에 소나무가 대표 수종으로 자리를 잡은 것이다.

처음에는 도심에 우뚝우뚝 서있는 고층빌딩 앞이나 고층아파트 옆 놀이터에 성깃하게 몇 그루 서 있는 소나무가 참으로 어색해보였다. 그러나 사람의 눈이 간사스러운 탓인지 늘 다시 보게 되니까, 친근한 모양새로 자리를 잡은 것 같다.

무엇보다 소나무는 우리나라 어디에나 지천으로 널려있는 나무다. 애국가에도 나오는 우리나라 대표적인 수종이다. 집을 짓는 재목으로, 가구로, 땔감으로, 약

용과 식량보조용 등으로 제공되었다. 우리의 전통생활에서 떼려야 뗄 수 없는 필요한 자연이었다. 또 사시사철 푸르러 가뭄이거나 장마철이거나 계절에 상관없이 의연하고 당당한 모습은 얼마나 기품이 있는가.

나무에게도 생로병사가 있는 모양이다. 동물은 몹쓸 병들이 있어서 고통 끝에 죽음을 가져오지만, 소나무에게도 '재선충' 같은 병이 있다. 곤충인 솔수염하늘소의 몸에 기생하는 매개충이 나무에 옮겨 붙어서 솔잎이 누렇게 변하다가 적갈색으로 말라죽는 병이다. 소나무들이 '에이즈'로 불리는 재선충에 감염되면 인근지역으로 광범위하게 확산된다는 것이다. 아직까지 확실한 방제약제가 없어서, 겨우 나무를 일일이 잘라낸 다음 불에 태우는 방법밖에 없다고 한다.

이 땅에서 함께 숨소리를 공유한 자연은 보존되어야 한다. 소나무에 배어있는 우리나라 사람들의 정서가 하루 이틀에 묻어 있었겠는가. 구불텅한 나뭇가지에 늘 푸른 자존심을 지닌 조선소나무들. 하늘을 향하여 청청하게 손짓하는 그 오만함이라니.

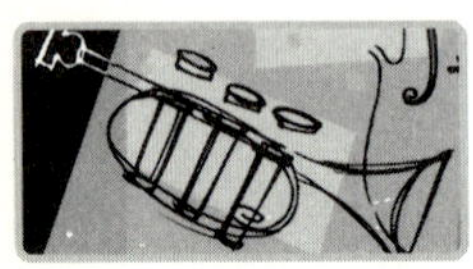

생일, 덧없음의 일생

　자정이 지났다. 자시子時에는 귀신들이 컴컴한 밤을 오가고 있으렷다. 살아있는 자들은 죽은 자들을 만나게 될까. 밤은 소리 없이 도망가는 귀신들에게 닭 우는 소리로 마감을 짓는다. 그럴 즈음 날빛이 흐트러지고 서서히 동이 터 오르면 산 자들은 부스럭거리며 아침을 맞는다. 햇빛이 밝을수록 꿈은 시들어버린 성징처럼 선명한 기억을 잃어버린다.

　간절한 소망을 먹어버린 꿈은, 무엇을 형상화하다가 달아나버렸을까. 필시 귀신들은 어제 절에 갔을 적에 산신각 돌계단 밑에서 숨어 있다가 내게 붙어서 따라왔지 싶다. 아니, 어쩌면 귀신들이 아닌 조상님들이 미리 와서 내 의식 안으로 틈입했을지도 모른다.

간밤에 나비처럼 팔딱거리는 꿈을 여러 번 놓쳤다. 그 무슨 아쉬움이 있어서 잡으려고 억지스럽게 잠을 청하고 청했다. 일어나보니 일곱 시였다. 창문으로 들어온 하늘은 희끄무레했다. 비가 올 것 같지는 않았으나 얼른 갤 낌새는 없다.

아내는 촛불이 켜진 조그만 상 위에다 밥과 미역국을 차려놓았다. 어머니의 몸에서 내 귀가 빠진 날이었다고 생일상을 마련해 둔 것이다. 꿈의 실마리는 거기에서 출발하였나보다.

입에서 구린내가 난다. 칫솔로 박박 문지른다. 몸 어딘가부터 세포들은 조금씩 무너지리라. 새 세포가 돋기보다 이제 묵은 세포들이 죽어가는 수효가 더 많을 것이다. 아침이면 뱉어내는 가래침과 콧물 따위는 의식이 잠들 때 병균들과 싸워 전사한 세포들이다.

늙음은 그렇게 온다. 늙은이들은 짓무른 눈언저리같이 피사체를 끌어당기는 일도 역동적이지 않을 테니까. 몸이 늙어 가는데 마음만 급하다고 아무거나 되는 건 절대로 아니다.

사람들은 자기 자신들이 만든 시간에 의하여 깨어난다. 달은 거듭 떠서 크고 작다가 그믐으로 바뀐다. 고작 들숨과 날숨 쉬는 날짜가 짧은 그 와중에도, 사람들의 생로병사와 흥망성쇠는 마감하는 주기를 더욱 앞당긴다. 오늘이 어제가 아닌 것처럼 거듭된 날짜의 의미는 내 몸과 함께 퇴색할 뿐이다.

저녁에는 식솔들이 선물을 사오고 둥근 케이크 위에 나이의 수만큼 초를 꽂아 불을 붙였다. 손뼉을 치면서 애국가보다 더 국민들의 사랑을 받은 노래인 '생일 축하합니다'를 불러주었다.

솔직히 말해서 나는 여태 내 생일에 관한 한, 그날의 의미를 대단하게 생각하지 않고 살아왔다. 그보다는 어쩌면 부모님의 기일을 더 기억하고 있다고 해야 할 것이다.

그렇게 된 이유 중 하나는 딸만 내리 다섯을 두고 아들을 낳으신 데 있지 않을까싶다.

어머니는 아들을 낳기 위하여 부처님은 물론 칠성님한테도 매달렸던 모양이다. 그런데도 어려서 집안 형편이 그다지 나쁘지도 않았는데도 나는 옷가지를 잘 얻어 입지 못했다.

어머니는 귀하게 얻은 자식은 천하게 키워야한다는 생각을 가지고 계셨다.

또 젊어서는 객지로 떠돌다보니 음력으로 된 생일이 특별하게 기억되지 않았다. 그런 연유들이 나로 하여금 생일에 대한 무관심을 증폭시켰다.

내 생일이 제자리에 온 것은 결혼하고 나서였다. 이후 아내와 아이들이 연결고리가 된 생일의 의미는 날로 집안의 행사로 자리매김이 되었다.

부모의 육신은 비루하게 시들어 가는데, 자식들은 달력에 충실한 기억을 사람들의 약속이라 생각하겠지. 그렇다면 아버지라는 우두머리는 사냥을 잘 하여 자라나는 식솔들에게 부족함 없이 부양을 잘 했던가?

인간으로 태어난 이상 죽을 때까지 노동을 해야 한다. 특히 수컷으로 태어난 자들의 의무는 노동이다. 바깥바람이 삭풍이 되어 늠렬히 다가설수록 수컷은 몸을 꼿꼿하게 세워 사냥감을 잡아야한다.

그런데 낫살을 먹어갈수록 주름살은 더 깊이 파이

고 몸은 처진다. 돌아보니 점점 뭍에서 멀어져가는 일엽편주처럼 주변에는 아무도 없게 마련이다. 그들은 모두 어디로 갔을까.

생일이라고? 이건 나에 대한 축하의 날만은 아니다. 내가 이 세상에 태어난 기쁨은, 곧 어버이에게 고통을 지웠던 것이다. 어머니의 자궁에서 300일을 지내고 산고의 눈물을 흘리게 하여 나를 만든 날이다. 그럼에도 인간은 얼마나 이기적인가.

생각해보니, 잠시 생일 축하에 흐뭇하여 어머니를 잊고 있었던 불효막심한 녀석이 바로 나였다. 어머니는 나와 형제자매들을 낳아서 동물로부터 인류로 편입시켜주었지 아니한가.

그 수없이 명멸했던 인류 속에서 나는 스러질 것이 분명하다.

짐이 무겁다고 벗을 수 있다면 얼마나 홀가분하랴. 늘 그런 생각만 간절했다. 헤치고 나가고 나가도 삶의 파도는 여전히 넘쳐오며, 나는 지친다.

234 살아있는 동안은 고해일 것이며, 죽은 후에도 살아

있는 자들 때문에 불특정다수로 존재하는 것이다. 그
것이 사람이라는 육신의 껍질을 지니고 살아온 동물
의 일생이거니…….

그러나 고맙다. 생일을 기억해주는 아내여, 아이들
이여.

살아있음은 타인과의 비교에서 존재를 인식하는 바
다름 아니니까. 우리 모두 하늘과 태양과 자연의 질
서로 살면서 머잖아 부스러지지 않겠는가.

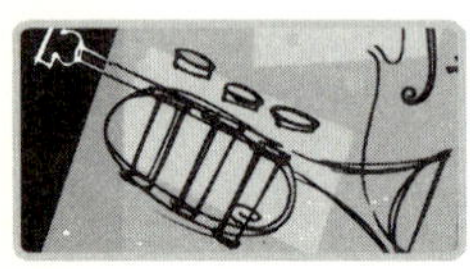

시장바닥, 그 억센 삶이여

전철역에서 마을버스를 타고 시장 앞에서 내렸다. 시장의 초입은 약국에서 길이 시작된다. 찬바람이 씽씽 불었을 때도 나는 그 좁다란 길을 걷는다. 길이란 원래 여럿이 밟아서 만들어진다. 1970년대에 도심에서 밀려나온 사람들은 야산 둔덕 아래 블록과 판자를 이어 집들을 지었다. 자연스럽게 형성된 동네는 이제 당당한 서울시의 한 구역이 되었다.

원래 하천을 따라 생긴 이 재래시장은, 복개공사를 하여 오백 미터도 훨씬 넘는데 길 양쪽은 작은 가게들로 빽빽하다. 닥지닥지 붙어있는 가게들이 파는 물건들은 다양하다. 나는 두 사람이 마주치면 어깨가 부딪히는 좁다란 길을 거슬러간다. 양쪽의 가게들이 마주보는 길 위에는 투명한 비닐 막을 쳐 해가림을 한다.

빗줄기가 쏟아지면 후드득, 빗방울 떨어지는 소리가
요란한 그 비닐천장마저 시장의 공간으로 자리매김을
한다. 서울 곳곳에서 재래시장을 현대화했건만, 아직
이 시장의 시설은 예전과 별반 나아지지 않았다.

나는 갖가지 물건들이 좌판을 가득 채우고 전등불
빛에 반사된 삶의 그 재료들을 둘러보면서 길을 지난
다. 생선, 야채, 건어물, 개소주, 잡화, 튀김, 신발, 이
불, 양품, 족발, 떡, 참기름, 과일 따위는 가게들의 주
된 종목이지만 같은 종류의 물건도 함께 취급한다.

장사꾼들은 언제나 그 자리를 지키건만, 철따라 대
목에 따라 여러 가지 모습이다. 손님들은 서성거리지
만 흥정을 하다가 다른 가게로 발길을 돌릴 수도 있
다. 그렇지만 장사꾼들은 절대로 호객을 하지 않는
다. 동네에서 수십 년을 함께한 주민들의 얼굴만 봐
도 서로의 마음을 대충 알기 때문이다.

추웠던 날씨가 다소 풀리자, 해산물과 푸성귀가 많
이 나왔다. 나는 무채를 썰어 감식초에 무쳐 먹을 작
정으로 파래를 샀다. 검푸른 해초에는 바다의 싱싱한
생명이 묻어있었다. 이제 갓 건져 올린 해초는 싱싱

하게 살아있는 것 같았다. 남해바다에서 개펄의 자양분을 빨아 짙푸른 빛을 띠고 있었다.

추운 바다의 파도를 이겨내며 파래를 채취하러 나간 어부들의 삶까지 보인다. 그 검푸른 바다에서 그들은 스스로와 싸울 것이다. 어부도 농부도 장사꾼도 원시의 사냥꾼과 다름이 아니다. 식솔들의 먹이를 구해와야 하는 의무는 여전하다. 그들로 인하여 가족은 주어진 수명을 잇게 될 것이다.

시장은 생산과 소비의 총체적 집합소이다. 인간들은 서로를 위해 서로를 사고팔았다. 물물교환에서 돈의 개입을 용인하는 시대를 거쳤어도 사람들은 여전히 생존에 관한 물품을 이곳에서 조달한다. 그 바탕 위에서 사람들의 생명이 억세게 살아있다는 것을 느끼게 한다. 어떤 인간의 행위도 이 치열한 삶을 넘어설 수 없다. 산다는 일은 모든 본능에 우선한다.

인간들은 동물의 본능과 습성에다 이성적인 장치를 만들었다. 시장은 인간들끼리 약육강식하는 먹이사슬이 움직이는 여러 행태를 보여준다. 현실이면서도 우리가 잘못된 방향으로 인식하고 있는 한 가지. 동족 간에도 약한 자는 강한 자에게 먹힌다는 말.

나는 시장 길을 걸을 때마다 인간을 생각한다. 우리의 모든 일생은 인간끼리 충돌하며 인간에 의하여 종착으로 가는 것이니, 아직 그 테두리를 벗어나 삶을 이야기할 수 없다.

인간의 노동이 여전히 먹이사슬의 테두리 안에서 헤매고 있는데, 진화進化가 어쨌다는 말인가.

나는 시장 길을 벗어나 식당들이 늘어선 곳에서 순대국밥 집으로 들어선다. 추운 날에는 늘 남정네 몇 명 정도는 술잔을 기울이고 있었다. 가끔 늙은 여인이 뭉게뭉게 김 나는 순대를 칼로 뚝뚝 자를 때, 나는 동심으로 돌아간다. 소시지에 관한 지혜를 우리의 조상들도 이미 터득하였나보다. 돼지고기의 잡다한 부위는 맛이 제각각 다르다. 나는 하얀 막걸리를 한 모금 삼키면서 고깃점을 씹는다.

어디서나 먹을거리의 맛과 형태는 거의 비슷하다. 사람의 삶과 구조가 같을진대, 에너지인들 무엇이 다

르랴. 남부독일에서 생맥주에 곁들여 먹었던 소시지
와 구운 족발도 혓바닥을 감돌아 목구멍을 통하여 뱃
속을 채우고 포만감을 주었던 기억은 똑같다.

　인간들은 지구상에 있는 모든 동물의 근육을 다 얻
을 수 있다. 먹고 먹히는 약육강식의 법칙이다. 그래
서 나는 먹이사슬의 꼭짓점에 있는 건가. 아니다, 생
물들에게 영원한 먹이사슬의 꼭짓점은 없다. 나도 언
젠가는 땅속이거나 화장장의 분골이 되어 미생물의
밥이 될 것 아닌가.

　삭풍이 몰아치거나 무더위가 엄습해도 시장은 열린
다. 원시의 물물교환에서 현금으로 물건을 사고파는
행태는 변했을망정 의식주에 필요한 것을 구하는 곳
이다. 주로 목숨을 지탱하게 해주는 먹을거리가 사시
사철 나와 있다. 사람은 세 끼니를 먹도록 신체의 시
계에 맞춰져있다. 먹어야 산다. 사람들은 끼니를 채
워야 에너지를 공급받아서 주어진 천형의 시간을 그
나마 채울 수 있다.

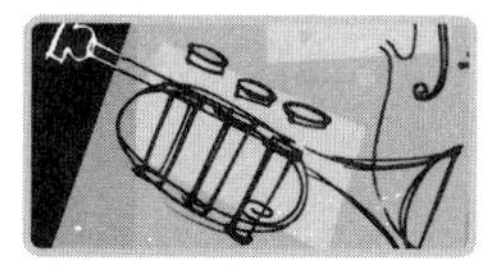

그날은 다시 돌아오지 않겠지

아침은 어두웠다. 주룩주룩 오던 비는 그쳤다. 밤나무, 벚나무 따위가 까만 가지를 드러낸 걸 보니 초목들은 물에 푹 젖었나보다. 아파트 뒤 숲은 아직 봄기운이 덜 닿았다. 갈색으로 떨어져있는 활엽수 잎들이 쌓인 채 을씨년스러움을 깔았다. 달력 숫자로 보았을 적에는 새움이 터지고 아지랑이가 모락모락 피어오를 시기가 되었건만 비 때문일까. 비가 오면 남쪽의 보리밭이랑에는 촉촉한 흙이 살아서 푸릇푸릇한 보리 싹이 고개를 내밀 것이다.

성깃한 나뭇가지 사이로 뭔가 움직이고 있었다. 바람결도 없었으니 움직이는 건 날짐승일밖에. 하다못해 나무에 걸린 나뭇잎조차 진즉 떨어졌으니 앙상한 나뭇가지에 매달릴 것은 새 같은 것 말고는 아무것도 있을 리 없었다. 나는 눈에 힘을 주어 물체를 깊이 들여다보았다. 한 마리 새였다. 까치나 비둘기도 아니고 참새처럼 작은 새 또한 아니었다. 그 중간 크기의 새는 나뭇가지를 이리저리 옮겨 다니며 내 시야를 벗어나지 않았다.

가랑비를 맞고 혼자서 무얼 하는 것일까.

밤나무 꼭대기에 높이 떠있는 거무스름한 까치집과 새는 전혀 상관이 없었다. 나무 우듬지를 깔고 있던 새는 갑자기 삭정이가 뚝 떨어지듯 낙하했다. 먹잇감이라도 발견한 것일까? 새의 눈은 정밀한 렌즈처럼 먼 곳까지 잘 볼 수 있겠지. 생존의 더듬이는 목숨을 연명하는 중요한 연장이니까. 새는 두리번거리다가 가끔씩 하늘을 쳐다보았다. 새는 한참을 가만히 앉아 있더니 푸르릉 날아서 더 먼 곳으로 옮겨갔다. 그건 한낱 까만 점의 움직임으로 내 눈에 어른거렸다. 그러나 이름 모를 그 새에 관한 생각은 그때부터 이어졌다. 짝을 잃었을까? 다른 곳에서 먹이를 찾으러왔을까? 아니면, 나와 인연이 있는 어떤 영혼이 마지막으로 내게 인사라도 하러 온 걸까?

가만히 생각해보니 엊그제 돌아가신 K형 생각이 났다. 부음을 듣고 대학병원 장례식장에 갔더니 통통한 모습이었던 누이는 반쪽의 몰골이었다. 간암으로 누워있던 형을 두어 달간 병수발한 고통을 받은 듯싶었다. 젊었을 적부터 술을 좋아했던 탓에 간암이 스며들었던 모양이었다. 발인이 끝나고 그분의 시신은 남쪽 시푸른 바다가 보이는 고향뒷산에 묻혀있을 것이었다.

K형은 내 누이의 친구 남편이었다. K형은 나와 전혀 남남이었지만, 청년시절부터 나를 친 처남처럼 대해주어서 곧잘 따르곤 했다. 또한 국전 한국화부문에서 특선과 입선을 여러 차례 한 작가이기도 했다. 그래서 내가 가끔 집에 놀러갈라치면, 펴진 화선지에다 붓에 먹물을 찍어 활달한 필력으로 새우를 그려주었다. 새우가 긴 더듬이를 힘주어 세우고, 구부러진 등짝을 모은 채 퍼덕거리는 모양은 참으로 익살스러웠다. 새우는 두 마리 혹은 네댓 마리까지 등장을 했다. K형은 금을 씌운 어금니를 살짝 드러내 웃으며 그건 식솔을 뜻한다고 내게 설명을 해주었다.

그렇지만 K형은 그림으로만 먹고 살 수가 없어서 사업을 시작했고, 그게 실패하여 심신이 괴로웠던 모습을 몇 번 뵌 적이 있었다. 급기야 몇 해 전에는 사업을 접었다는 소식을 들었다. 그래서 나는 오히려 쪼들렸던 그 집안의 일들이 휴지처럼 풀풀 풀어지는 것보다, 오히려 K형의 소탈하고 예술적인 성품이 다시 돌아올 것으로 소망했다.

아니, 내 생각이 그를지도 모른다. 예술에서 인간을 찾을 수 있다고 믿었던 시절이 유치한 건 아니었는지……. 결국 그 원형을 파고들자면, 자기 자신과의 싸움이고 자아의 만족인 것을.

언제나 시대에 맞춰 살아야하는 게 인간인가보다. 인간들의 유전인자가 조금씩 진화했듯이 시대를 만든 인간들도 거기에 종속되는 법이다. 그래서 좌절과 상처를 요구하는 생의 고해에서 긴 샅바의 끈을 거머쥔 채 먹잇감을 향하여 안간힘을 쓰고 있다. 목구멍이 걸려 있는 인간끼리의 싸움은 치열하다. 인간의 승리란, 인간의 연대기에서 쓰는 통속의 회자膾炙이다. 인간이 인간에게 패배했던 치욕은 되풀이된다.

인간이 생물의 먹이사슬 질서에 종속되어 있는 한 그렇다. 이기고 진다 해도 죽음이 도사리고 있으므로 그렇다.

안개 자우룩하다. 사물은 머릿속에 잔영으로 어렴풋이 짐작될 뿐이다.

도시는 이미 안개에 포위된 채 햇볕 나오기만을 기다린다. 햇볕이 나올 때까지 어두운 고요는 잠시 숲을 유지하리라. 비가 개고 땅의 기운이 다시 돋아나면, 습기 어린 저 자연은 숨어있던 정체를 사그리 드러낼 것이다.

겨울을 깨어 봄으로 가려할 때, 비가 오고 나서 바람이 불면 잠들었던 산천초목은 깨어난다. 그래서 여름 소나기도 장맛비도 아닌 봄비가 가늘게 부슬부슬 내렸다. 가뭄에 찌든 나무는 물에 젖어 나무뿌리의 수액을 껍질로 내보내고, 천천히 긴 잠에서 깨어나 기지개를 켠다.

그 시간을 묻는 말 • 그 시간을 묻는 말 • 그 시간을 묻는 말

오랜 세월 지나다 보면, 쓰레기가 되었다가 그냥 없어질 행위임이 분명하다. 그런데도 안달복달한다. 이 짧은 생애에 어느 덧 봄은 활짝 피고 지려 하는데, 골방에서 또 한세월만 보낸 것 같다.

기록이 내게 묻는 말

동네 뒤 학교 교정에 심어진 벚나무 가지에는 하얀 꽃들이 숭굴숭굴 돋아 있다. 구름처럼 활짝 퍼진 그 길을 나는 느릿하게 걷는다. 하얀 목련마저 화사한 분위기를 거들었다. 바야흐로 봄은 기지개를 켜며 태양을 찾아가는 중이다.

길섶에 핀 노랑민들레며 찔레넝쿨의 푸른 힘줄이 불끈 솟는다. 하찮은 것일수록 생명은 강건하다. 풀은 나무보다, 나무는 곤충보다, 곤충은 동물보다 더 끈질기다.

시멘트길이 끝나는 지점부터 천천히 흙길을 밟는다. 나는 나의 육신이 쉬이 닳아졌음을 알고 있다. 얼마나 무리하게 혹사했던 삭신인가. 어두워지면서 축축한 기운이 돌더니만 이슬비가 내리기 시작한다. 운

동장을 돌아서 학교를 빠져나오자, 주공아파트 앞길
에는 임시로 먹거리 장터가 들어서 있다. 파전, 국수,
족발, 뻥튀기에서 과일, 생필품 따위에 이르기까지
판을 벌여놓은 것과는 달리 썰렁한 분위기였다. 퇴근
무렵이라 손님들이 하나 둘 들기도 하련마는, 불황의
꼬리는 해질녘 그림자처럼 여전히 길었다.

　나이 든 남자가 김이 몽실몽실 나는 족발들을 쪼개
고 자르는 칼질을 하고 있었다. 돼지들은 죽어서도
남길 게 많았다. 그것들이 짧게 살아온 의미는 강한
먹이사슬에게 고기와 내장을 주기 위한 것이었을까.
나는 아무도 앉아있지 않는 그 간이주점에서 막걸리
한 잔을 마시고 천막을 나섰다. 주인은 잔돈을 거슬
러주면서 고개를 끄덕였다. 끈끈한 삶은 곧 가장의
본능이고 직업이었다.

　갑자기 신문에 난 기사가 생각났다. 문학 엄숙주의
를 난타했던 작가 두 사람의 인터뷰가 대담형식으로
나온 내용이었다. 저간을 흐르고 있는 내용인즉, 우
리는 로맨스인데 당신들은 불륜이라는 말처럼 들렸
다. 참으로 꼴불견이라니. 무엇이 엄숙주의란 말인

가. 바꾸어 말하자면, 자기 자신들은 시류에 편승한 상업주의적 대중작가라도 된다는 말인가? 이것도 저것도 아니면 무어란 말인가? 그런 말장난은 어불성설語不成說이다. 문학에 무슨 주의가 있다는 말인가. 저 쓰고 싶은 대로 쓰면 그만이고, 아니면 말지.

차라리 철없는 아이들의 대화는 진실하다. 어른이 될수록 전달하고자 하는 진의는 왜곡되며 듣는 이의 마음에 따라 말의 목적은 제 길을 못 찾는다. 사악한 마음이 말 속에 스며들면 말은 본래의 기능을 잃게 된다. 혹자는 이렇게도 말한다. 비수처럼 상대방을 찌르게 될 게 두려워 빙빙 돌리거나 두루뭉술하게 말한다고. 세련되게 비틀어 말하면 어른인가?

할 말, 못할 말, 살아서 뱉어버린 말들이, 이 무한한 공간에 비눗방울처럼 둥둥 떠돌아다닌다면 서로 충돌하여 벼락 치는 소리를 낼지도 모르리라. 살다보면 그 순간을 참지 못하고 던진 말 때문에 족쇄가 되어 타인에게 아픔을 주는 게 다반사다. 아무리 친하고 가까운 사이라도 듣는 이로 하여금 오해가 없어야 할 것이다. 전달자나 듣는 이에게는 오차가 존재한다.

오차의 범위는 사람들에게 흔히 생기는 감정의 기복으로 인해 더욱 심화될 수도 있다. 그 범위가 넓을수록 인간관계는 편협한 극과 극을 달린다. 하긴 몇 십 년을 함께 산 부부와 자식 사이라도 상대의 입장을 고려하지 않으면 말은 폭탄이 된다. 감정이 죄다 말로 옮겨진다면 그 진의는 과연 100퍼센트 다 적확하게 표현되리라 보는가?

말과 글이 포털사이트에 옮겨져 뭇사람들과 소통하는 시대다. 아무리 한들 기기의 우월성과 편리성 때문에 과연 듣고 읽은 이가 정확히 내가 한 말의 뜻을 그대로 알고 있기나 할까.

나의 문장이 절망으로 치달리고 있을 때, 나는 얼마나 버거운 나의 머리를 탓했는지 모른다. 글과 말은 같은 의미를 내포했다고 해도 쓰임새와 표현의 갈래가 상대에 따라 달라진다. 잘 써지지 않아서 억지를 부린 때도 있었다. 그래서 어설픈 나는 말과 글의 벽을 느낀다.

기록으로 남는 것에 대하여 생각해본다. 오랜 세월 지나다보면, 쓰레기가 되었다가 그냥 없어질 행위임이 분명하다. 그런데도 안달복달한다.

이 짧은 생애에 어느 덧 봄은 활짝 피고 지려 하는데, 골방에서 또 한세월만 보낸 것 같다.

사람으로 태어나 공간과 시간을 빌려서 끼니를 채우느라 힘들었는데, 또 무엇이 있다고 이리저리 뒤척였는지 모르겠다. 사람들을 만나서 소통해보아도, 그들 역시 뾰족한 수가 없나보더라.

아, 시시하다. 문명文名이란 게 이렇게 하잘 것 없는데, 왜들 목매달면서 저리도 힘겨워할까. 차라리 자식새끼들 퍼뜨리려고 오쟁이 지는 짓거리의 본능에나 충실하지…….

허허, 감정이 나오는 대로 쫓다보니 몹쓸 생각도 만드는구나. 이제는 미지근하게 체온을 높여주었던 막걸리 맛도 달아날 궁리를 하므로 나도 새들처럼 둥지를 찾는다.

벚꽃, 목련꽃 날리고 나면 새로운 이파리 돋아나리니, 분기탱천憤氣撑天할 일은 또 무언가. 그러다가 가고, 이러다가 오는 세월인 것을.

샌님의 서재

내 친구들이 있다. 그걸 책이라고 한다면 웃기는 걸까.

한두 권씩 가져다 모아놓은 저것들이, 이사를 다닐 때는 아주 애물단지였다. 그렇지만 이제 저것들이 없는 일은 상상할 수조차 없다. 방 안에 짐들을 정리하고 방바닥에 누웠을 적에 보이지 않은 저것들은 있을 수 없다.

인간들이 머릿속에 가두어둔 생각을 저장해놓은 유전자적 형질이 고스란히 저 안에 있으니 나는 그들을 만난다. 그들의 생각을 만나다보면 나도 할 말이 생겨서 글로 적는다.

읽는 즐거움과 쓰는 희열이 없다면 나는 무기력해졌을 것이다. 때로는 잠을 청하여도 말짱하면 도리가 없이 부스스 일어난다. 돋보기의 도수는 갈수록 높아진다. 그렇지만 희미한 글자가 호기심에 또렷해지는 유혹을 물리칠 자제력은 없다. 지루해지고 눈이 까슬까슬할 때까지 책을 펴고 본다. 지루함은 육신의 피로함을 불러내고 나는 다시 못이기는 척 잠을 잔다.

나 어렸을 적, 아버지는 남포등 불빛 아래서 도수 높은 안경 위에 두꺼운 돋보기를 얹히셨다. 퇴화된 눈을 마지막까지 혹사하며 펜촉으로 잉크를 묻혀 백로지에 콕콕 눌러서 깨알 같은 글씨들을 쓰셨다. 바깥에는 매서운 삭풍이 몰아치고 문풍지가 바르르 떠는데도 아랑곳없이 그적거리는 글씨들은 고물고물 살아있는 것 같았는데, 무슨 내용이었을까? 지금 생각해보니 세월은 속절없이 가는데 아버지는 책장나부랭이를 붙잡고 있었던 것이다. 다 낡은 육신의 고달픔을 사서 아버지가 무엇을 하려 했는지는 잘 모르겠다. 단지 가물가물 기억으로 남아있는 것은, 그 장엄하다 못해 경외감이 드는 모습이다.

일흔일곱으로 세상을 떠나신 임종을 나는 열두 살

에 지켜보았다. 평생을 두루뭉술하게 살지 못하고 어
떤 신념 속에 당신을 냉엄하게 가두고 사셨던 것 같
다. 시대의 가파른 물결 위에 그 파란만장한 삶이 떠
다녔을 테지. 나이 어린 식솔들을 거두지 못하고 죽
음이 도사리고 있었을 그 시각, 당신은 어떤 회한이
겹쳤을꼬.

내가 여섯 살에 입학한 초등학교는 영 밥맛이 없었
다. 늙은 아버지의 성화로 철없이 학교는 들어갔는
데 입학생들의 평균 나이가 아홉 살이었고, 나하고
는 놀아주지 않는 대여섯 살이나 많은 동급생도 부
지기수였던 것이다. 학교에서도 집에서도 나는 외톨
이였다. 그래서 혼자 만화를 그리거나 읽을거리를
찾아 헤맸다.

초등학교시절 빌려 읽은 김내성의 『청춘극장』과 방
인근의 『벌레 먹은 장미』는 소위 딱지본 소설이었다.
만화가 판을 치기 시작하던 그 시기의 어린 나는, 누
나들 덕분에 소설을 훔쳐 볼 기회가 많았다. 특히 외
삼촌뻘 되는 이가 중학교 국사선생으로 우리 집 문간
방에서 신혼생활을 했는데, 당시에 수백 권의 장서를

지니고 있었다. 나는 그 외삼촌에게 등 너머로 정독과 다독을 구분하게 된 효율적인 책 읽기를 배웠지 싶다. 박종화의 『금삼의 피』, 『자고 가는 저 구름아』를 비롯한 역사소설 시리즈를 중학교 2학년 때 읽었으니 말이다. 청계천 헌책방들을 취미처럼 순례하게 된 것도, 나중에는 내가 귀찮을 정도로 심부름을 시킨 그 삼촌 탓이다.

사색의 출발점은 여린 감성과 독서였다. 젊을 적부터 모은 내 책들도 나이가 들었고 깊은 연륜이 배어있다. 용돈을 아끼고 술값을 줄여 생사고락을 함께 하자고 데리고 온 책들도 있었다. 더러는 퇴출된 책들도 많았다. 방이 비좁거나 읽어버린 책을 필요로 하는 이들에게 보내서 나와는 인연이 다한 까닭이다.

언제나 내 방에 들어서면 책들은 흐트러짐 없이 나를 맞는다. 그들의 표정은 한결같다. 하나하나 그들의 면모를 살펴볼 때가 있다. 어떤 책의 내용은 이제 그 의미조차 아물아물 망각했다. 그런가 하면, 표지의 문패만 보아도 금방 속내를 다시 발랑 까서 보여주는 책도 있다. 모두 지나간 세월 동안 반려(伴侶)로서 나를 지켜주었던 무던한 것들이다.

좁은 방 벽을 가로막고 있는 책들이 일제히 고개를 내민다는 생각이 들면, '그래, 알았어. 이 눈알이 기능을 잃은 후라도, 너희들은 내 손때가 묻거나 접힌 쪽의 아픈 기억을 나와 함께 생생하게 공유하리라, 이 애물단지들아!'

빨강색이 황색으로, 흰색은 노리끼리한 색으로, 검정색은 회색으로 변한 시간의 무상함만큼 먼지를 뒤집어 쓴 흔적들.

책들을 사 모으거나 그 시간에 정열을 쏟은 만큼, 다른 노릇을 했다면 어땠을까? 만약에 그런 생각을 하는 걸 저들이 알게 된다면 그건 말도 안 된다고 내게 무척 배신감을 느낄 것이다.

동서고금(東西古今)의 인간들이 책 속에 살아있다. 시공을 건너 뛰어 그들을 만난다. 나와 비슷한 인간들의 울분과 슬픔이 배어있으며 기쁨의 순간도 걸러져 있다. 책에 박힌 희로애락(喜怒哀樂)이 인간에 대한 성찰과 맞물려 나를 위로하며 거울이 된다.

책들을 통하여 하늘로부터 바다 밑에 이르기까지 내 동족들의 전두엽에서 파생된 이야기들을 배운다. 우주의 백빙에서 티끌이 퍼트려지는 의미를 책들은 속삭여준다. 어떤 때는 오히려 책들이 들려주는 이야기의 미로迷路에 걸려 해답을 찾지 못하고 만다. 물론 내 우둔함에 조급한 머리가 꼬여 정리되지 않은 상태로 사유思惟의 근원을 찾지 못했기 때문이리라.

인생이 답답하여 진리에 이르는 길목이 잡히지 않으면 책들을 탓했던 게 내 무식의 소치所致다. 왜 세상과 불화하면서 현실이 막막한 이유를 책들에게 탓했을까.

내가 좋으면 친구도 좋다는 의미를 생각해본다. 여태껏 살아오면서 이해관계로 만났던 타인들과 이 책들은 다르다. 살아오면서 만난 안타까운 인간들이 얼마나 많았는지. 많은 현상에 관하여 알면 알수록 나의 부피는 줄어들고, 꿈과 미래도 줄어든다. 사람의 영역이란 게 어차피 과학과 현실에 노출되면 여타 동물과 하등에 다를 바 없다는 걸 차츰 인식한다.

혼자서 가는 고행으로 지쳤을 적에, 책들의 미소는

붓다의 얼굴과 겹쳤던 것이다. 흘러간 내 시간의 반
추反芻 역시 책들 안에 들어있다.

　내 무덤 같은 골방에서 먼지 가득 묻은 책들.
　바깥의 찬란한 햇빛조차 창문 앞에서 기웃거리다가
바로 숨어버리는 곳에 내 육신은 남아있다. 연료를
가득 채웠던 내 인생의 여정도 진즉 반환점을 지났
다. 연료가 바닥나는 날, 내가 탄 우주선은 은하계 어
디쯤에서 산산이 부서질 것이다.
　삶의 무게가 무거워 뒤뚱거리거나 흔들리더라도 그
대들과 늘 함께하련다. 앞으로 남은 시간은, 반 토막
도 채 안 되는 양초처럼 불꽃이 나풀거리고 촛농을 뚝
뚝 흘리며 가물거리겠지.
　부질없이 살아오는 동안 이 친구들과 함께 해온 인
생살이가 참이었는지는 아직도 모르겠다.
　읽는 즐거움과 쓰는 괴로움을 지니게 해준 책들
이여!
　생각의 꼬리를 자르지 않게 하여 삶의 방향을 옳게
비틀어주고, 내가 쓴 이야기를 만들게 해준 원동력이

었던 친구들이여!

이야기란 결국 사람들의 냄새나 차림이나 욕망 따위의 다름 아닌데, 나는 이 고리타분한 냄새를 건지고 또 건져내려고 발버둥친다. 문학이 죽고 소설이 팔리지 않는 이 불온한 시대에 책을 진통하며 출산했다는 것만으로 자위해야 하겠느냐.

너희가 인간으로 하여금 서로의 의미를 교환하고, 때로는 흘레붙어 또 다른 책을 잉태하면서 인간들의 지평은 넓어져서 더 냉정한 오만을 만들어냈다. 그렇지만 못난 샌님의 지나간 인생을 동반했던 책들아, 고맙다.

시인의 고해성사告解聖事

지방 도시에서 주최하는 시낭송회에 갔다. 도시의 규모에 걸맞게 새로 지어진 문화예술회관 건물의 위용은 그 지방자치단체의 규모에 비추어 오히려 웅장했다. 지자체의 어려운 살림살이에도 불구하고 많은 시민들이 당장 피부로 느끼는 우선사업이 아닐 텐데 문화를 배려한 것은 참으로 고마운 일이다. 하긴 이제 문화도 지자체끼리 경쟁력이 되어가는 시대다.

모임을 주도하는 사람은 오래 전, 시동아리를 함께 했던 이였다. 모처럼 시동아리에 참여하였던 여러 사람과 서울에서 온 문인들까지 참석하게 된 자리였다.

주말 오후에 열린 시낭송회는 수백 석에 빈자리 없이 가득 청중이 앉아있었다. 두 시간 남짓 진행된 행사는 한번 휴식을 한 다음 뜨거운 열기로 달아올랐

다. 낭송시를 동영상과 곁들이고 음악을 넣어 단조로
움을 피하기 위한 노력도 엿보였다.

시인들이 자신이 쓴 시를 직접 출연하여 청중들에
게 들려주는 행위는 일체화다. 또한 영상배경과 음악
을 흐르게 하여 관객으로 하여금 깊이 동화시키면 감
동의 폭은 더할 것이다.

먼 지방에서 초청되어 온 어떤 시인의 말이 참으로
들을 만했다. 나이를 얼핏 보아하니, 육순이 넘은 분
이었다. 키가 작고 이마가 벗어졌지만 얼굴이며 피부
는 나이보다 더 건강하게 보였다. 나중에 알았는데
문단에서도 꽤 알려진 분이었다.

그분의 차례가 되었을 무렵에는 전체 행사가 거의
끝나가고 있었다.

……해저물녘 강아지풀은 '나도 빨리 데려가
주세요.' 그러자 내 눈에서는 눈물이 흘렀습니다.

그는 이어서 강아지풀이 자기 자신의 자식처럼 그
쓸쓸한 들판에 누워있다는 애처로움이 울컥 밀려들

더라는 것이다. 아마 강아지풀을 의인화하여 쓴 시를 설명하면서 현대시에 대한 입장을 피력했던 것으로 기억된다. 그런데 그 다음 말이 일품이었다.

언젠가 시상이 떠올라서 메모를 했고, 정리를 했는데 꽤 쓸 만한 느낌이 들었다는 것이다. 그런데 문제는, 그 시를 찬찬히 뜯어볼수록 전혀 낯설지가 않고 어디선가 들었거나 보았던 게 아닌가 하는 생각이 들더라는 것이다. 그래서 비슷한 유형의 다른 시인들이 쓴 시집과 자료를 다 뒤져봤는데도 알 수가 없었다. 그렇지만 며칠 동안, 분명히 어디선가 보았다는 느낌이 머릿속을 떠나지 않았다. 우연히 자기 자신의 발간된 시집을 들추어보니, 전체 15행 중 7행이 거의 고스란히 새롭게 메모한 시에 들어있더라는 것이다.

물론 그 대목에 대하여 아무도 보거나 아는 사람은 없었고, 남의 작품을 베끼는 일도 아니어서 별 일이 아니라고 넘어가도 되는데, 무척 창피하고 부끄러움이 느껴져 여러 시인들에게 공개적으로 말하노라는 것이었다. 그건 일종의 양심선언 같은 것인데, 용기가 수반되는 일이기도 했다.

그분의 결론인즉, 시인이 가장 두려워해야 할 일은 모름지기 자기 자신에 대한 모방을 경계해야 한다는 것이었다. 타인의 작품을 모방하는 일은 양심의 가책을 느끼지만, 자기 자신을 모방하는 것은 자기도 모르는 사이에 저지를 수 있다는 점에서 경각심을 주려 한 것 같았다.

행사가 끝나고 예술회관 길 건너 먹자골목으로 들어갔다. 뒤풀이에는 행사에 참여한 시인들과 초청받은 인사들로 시끌벅적했는데, 행사장에서 서로 미처 말할 수 없는 문학 전반에 관한 여러 이야기가 오고갔다.

개인을 통하여 범세계적이고 우주적 광활한 사고에 닿는 문학이어야 한다는 말에서부터, 인간성을 상실하고 있는 현실에 문학을 억지로 주입시켜서 사회를 정화해야 한다는, 어마어마한 구호까지 망라된 말들이 오고갔다.

대략 떠도는 말을 추려보자면 문학이 퇴보한 것은 물신주의가 만연된 시대의 소산이며 작가나 시인 탓도 있다는 것이다. 요즈음 문학단체가 모이는 여느 행사장과 장소에서나 공통적으로 듣는 이야기였다.
물론 각자의 머릿속에 감겨든 문학의 인식을 내가 알
길은 없다.

'문학이 누구의 탓이다'라는 말이 이해는 가지만
전적으로 시대의 탓으로 돌리는 건 공감하지 못하겠
다. 세상살이에 오염된 건 당시대에 사는 모든 사람
들 탓이다. 그런 상황에서 누가 누굴 향해 거침없이
침을 튀기며 훈계하겠는가. 톱니처럼 맞물려있는 인
간사회에서 개개인끼리 이질감이야 왜 없겠는가.

억지로 문학을 지탱할 필요가 있을까? 아직도 문학
에 심취하면서 자기 자신의 인생을 걸고 지키려 하는
사람들도 있다. 또한 문학이 사람들에게 물질적인 영
양가가 있다면 하지 말래도 많은 이들이 덤벼들지도
모른다.

내가 말한다. 노래방이 생겨서 누구나 가수 못지않
게 노래를 부를 수 있게 되었고, 인터넷을 이용하다
보니 누구나 다 글로 소통하는 시대가 되었다.

시대가 흘러가는 대로 모든 분야는 생멸하는데 더
말해 무엇 하랴.

낙화암에 부는 바람

부여에 도착한 것은 쨍쨍한 늦여름 햇살이 따가운 오후였다. 1,400여 년 전 백제의 도읍지라고는 믿어지지 않을 만큼 조그만 읍은 웅크리고 있었다. 오솔길을 따라 휘적휘적 산으로 걸었다.

서기 538년(성왕 16년) 공주 웅진성에서 이곳 사비성으로 도읍을 옮겼다. 고구려를 떠나온 온조의 후예들은 내부의 혼탁함과 외부의 강한 힘에 밀려 마지막 31대 의자왕이 나당 연합군에게 멸망할 때까지 반도의 서남부 지역에 위치한 678년 동안 이어온 백제의 수도로서 122년간 존재했다.

가파른 길을 올라 3충신의 사당에 이르러 숨이 목에 차올랐다. 사당 안에 들어서자 풀벌레의 애처로운 소리와 악악거리는 매미 울음소리가 적막을 깼다. 성

266

충, 흥수, 계백의 초상이 멀리 계림이 있는 동남쪽을
내려다보고 있었다.

방탕에 길들여진 왕은 그들의 조언을 듣지 않았다.
칠월칠석날 처자식의 목을 자신의 칼로 벤 후 오천 군
사를 이끌고 황산벌로 나갔던 사나이 계백의 가슴은
어땠을까. 탄현을 넘어온 신라군 5만 명을 막아섰으
나 중과부적은 한 맺힌 결의를 잔인한 현실로 보여주
었다. 수십만의 연합군에게 최후까지 운명을 죽음으
로 맞선 사나이.

사당 문을 넘어 낙화암이 있는 언덕배기로 올라갔
다. 구불텅하게 서있는 붉은 소나무 숲 사이로 까치
소리가 들렸다. 나는 지레짐작으로 불에 탔을 궁궐
속에서 미처 나오지 못한 원혼들이 떠돌며 지르는 귀
곡성이 아닌가 생각했다. 길이 70미터, 폭 7미터, 깊
이 47센티미터의 규모였던 군량미 창고 터의 흙을 파
면 아직도 불에 탄 곡식의 잔해가 있다고 한다.

하얀 모래톱 삼각주가 널린 가운데로 백마강(또는 백
강白江)의 물살은 뻗어 있었다. 햇빛이 반사된 급류가
없는 강의 푸른 물결은 오히려 하얀 비단을 깔아 놓은

것 같았다. 멀리 실뱀처럼 구부러진 강줄기 좌우로 막 이삭이 팬 들녘은 푸른 물감 번지듯 질펀했다.

송월대 아래에 박힌 큰 바위는 자살바위였던 타사암이라 하였는데, 나중에 낙화암이라 부르게 되었다고 한다. 바위 끝에서 강의 수면까지는 십여 미터 정도의 높이. 돌멩이를 던졌다. 강물에 도달하는 거리는 그리 길지 않았다. 궁중 안에서 길들여진 꽃 같은 삼천 궁녀가 치마폭에 몸을 감싸서 던진 험한 죽음은 어떻게 되었을까. 붉고 파랗고 하얀 꽃들은 물결에 둥둥 떠서 바다로 흘러갔을까. 원수들의 전리품이 되어 노리개가 되기보다는 자의로 죽음을 택했던 걸까.

그 심중이 어떻든 벼랑 끝에는 오래된 소나무들의 구불구불한 뿌리들이 서로 엉켜있었다. 소나무에 붙은 솔방울이 땅에 떨어져 새로운 씨앗을 움틔우고 오래된 뿌리가 삭아졌어도 백제는 부활하지 못했다. 바위 위에 자리를 잡은 육각형 모양의 백화정은 훗날 세워졌다. 정자의 계단에서 내려와 다시 강 쪽을 내려다보았을 때 검은 물체는 두 개였다. 준설선 두 척은 강바닥을 훑으며 모래를 파이프로 토하고 있었다.

천수백년 전의 예사롭지 않은 물길은 상류로부터 흘러와 흐르다가 여인들의 슬픈 죽음과 함께 흘렀으리라. 끝없이 흐르는 강물이 여인네들의 한을 어루만졌을지도 모른다. 그 순간, 오싹한 느낌이 든 것은, 어디선가 시원한 바람 한줄기가 불어와 땀에 젖은 등을 서늘하게 토닥거려주었기 때문이다.

웅진성으로 급히 피신했던 의자왕이 도성 함락 소식을 듣고 연합군에게 항복한 것은 서기 660년 7월 8일이었다. 바로 이 후텁지근하고 뜨거운 계절에 치욕은 못난 왕을 칡넝쿨처럼 칭칭 감았으리라.

"백마강 달밤에 물새가 울어—"

갑자기 카세트 음악소리와 함께 흘러간 유행가가 들렸다. 부르는 주인공들은 쉰이 넘었을 사내 둘이었다. 매표구에서 본 듯한 사내들은 언제 왔었는지 산성의 비탈길로 질러 금방 이쪽으로 왔다. 그래서 밤이 되어 물새도 울지 않으면 사람의 노랫소리라도 들릴 거였다.

시원한 바람이 등짝의 땀을 다 말릴 무렵, 백화정의

나무계단을 내려섰다. 좍 퍼진 햇살 때문인지 하늘은 파란비단을 풀어놓은 듯했고, 북쪽으로 하얀 뭉게구름이 피어올랐다. 그것은 남독일 알프스 추크슈피체(ZUGSPITZE, 해발 2,962미터)봉에서 보았던 구름과는 또 다른 느낌이었다. 바이마르의 노이슈반슈타인 성(일명 백조의 성) 주인이었던 비운의 왕 루드윅 2세의 죽음과는 전혀 다른, 이 땅에 살았던 마지막 왕들의 환영이 어슷하게 지나갔다. 뭉게구름조차 그 산하와 어울린 모습이었다 할지라도, 내게 다른 느낌으로 왔던 건 그런 까닭이었을 것이다.

왕조의 시대는 갔다. 아무리 시대가 지났어도 인간이 인간에게 느끼는 슬픔이라는 게 비슷한 것 같으면서도 다르지 않겠는가? 자기 자신과 타자의 간극이라는 것도 사실은 내 잣대에서 비롯된다.

절벽 옆길로 가는 길은 고란사 쪽이었다. 그 옛날 화려했을 불교왕국은 일본까지 부처의 말씀을 전했건만, 퇴락한 절의 이름만 남아있을 뿐이었다. 길 안쪽으로 늙은 아낙 둘이서 등긁개, 담뱃대, 염주, 엽서 따위의 관광기념품 따위를 목판에 늘어놓고 있었다.

얼굴에 깊은 주름살이 팬 그녀들을 지나칠 때 등 뒤에서 억센 사투리가 들렸다.

"아이고오 힘들다. 이런 곳에서 삼천궁녀가 빠져 죽었다카이 내사 믿겨지지 않는다. 진짜로 여기가 낙화암 맞나?"

왁자지껄 여자들 한 떼거리가 늙은 아낙네들 앞을 지날 때, 더 늙은 아낙이 말했다.

"낙화암은 한 곳이제. 여그 말고는 낙화암은 없지유."

나는 비시시 웃음이 나왔다. 사투리 말도 오랜 세월을 후손들에게 그대로 전해져 내려왔을까? 그 땅 위에 남아있는 자연의 현상이란 인간의 흥망성쇠와는 별로 관계가 없는 것인가.

돌계단을 타고 내려설수록 강 수면으로부터 불어오는 산뜻한 바람이 땀에 젖은 살갗을 간질였다.

먼 시간의 부활

백제의 마지막 수도였던 부여의 고적 발굴현장에서 금동향로와 유물들이 나왔다고 한다. 유물들은 수십 미터가 넘는 땅 속에서 천 수백 년의 세월을 묻혀 있다가 번쩍이며 찬란한 모습을 우리에게 내밀었다. 당시의 생명이 다시 환생되는 순간이었다.

인간의 손이 가지 않았더라면 유물들은 한낱 지층에 묻힌 광물에 지나지 않았을 것이다. 더 오래된 선사시대의 것들 대부분은 땅의 침하沈下를 계산하여 발굴한다고 한다. 생물이었다면 고작 화석이거나 미라일 텐데, 광물질이라 변모되지 않고 그 모습 그대로 나온 것이다.

그러나 그 물건들을 지녔던 사람은 다시 부활하지 못했다. 지닌 사람뿐만 아니라, 정성스럽게 만든 사람이 누군지는 더더욱 모른다. 요즘처럼 그 물건을 제작한 사람의 이름을 새긴 바도 없으니까. 다만, 유물은 이름도 알 수 없는 그 옛날 사람들의 삶의 흔적을 어렴풋이 짐작하게 해주는 증거다. 물론 유물 몇 점으로 그 시대에 살았던 사람들의 감정까지야 알 길이 없다.

잠시 생각해보자면, 얼마나 많은 사람들이 태어났다가 죽었는가. 우리는 살아서도 옷깃을 스치고 지나가는 많은 사람을 기억하지 못한다. 하물며 백 년도 채 안 되는 시간에 우리가 기억하지 못한 사람들의 이름은 또 얼마나 많은가.

아침에 일어나보면 모든 것은 그대로 있다. 다만 어둡고 흐린 날씨이거나 화창한 볕이 사물을 조명하여 나의 느낌을 조절한다. 내 육신의 조리개가 사물과 나의 관계를 조절한다.

길거리에 반듯하게 서 있는 빌딩들과 조형물도 사람들도 그대로이지만, 조금씩 달라진다. 그건 오랫동안 다른 곳에 있다가 다시 그 자리로 와보면 변화의 조짐을 금방 안다. 사물의 변화와 내 체력이 쇠잔해가는 속도는 비례한다. 세상은 그대로 우주 속에서 소멸하고 생성된다.

문명은 역사 위에서 그렇게 서 있다가 지층이 된다. 2억 년 전, 지구의 껍질을 구성하고 있었던 판지아Pan-gea대륙은 격렬한 운동으로 조각조각 갈라졌다. 마그마로 용해된 지상의 양치식물과 공룡 따위도 필연성을 벗어날 수는 없었다. 단층으로 편입된 시간의 역사를 꺼내본들 무엇이, 말을 건넬까. 불에 타고 없어지는 물질은 그렇다 치고 영혼은 떠돌아다닌다는데 도대체 그것들은 왜, 증발하지 않는다는 말인가.

뼈와 살과 피. 나의 육체, 나의 혼.

분절되어버린 현재. 그래서 과거와 미래는 너무나 막연한 추상명사로 머물고 만다. 저녁은 어스름으로 갈앉는다. 나도 그 속으로 침잠한다. 사물들의 형체는 내가 사유하는 존재를 원인 제공했다. 너무나 단순한 의식의 테두리 안에서 몇 발자국도 못 나가는 게 인간이다.

생명을 지탱한다는 일은 한갓 몇 가닥의 뼈와 살덩

이세포를 이루고 있는 몸이다.

눈앞에 있는 물건보다 더할 것 없는 사람들의 총체적 흐름이 역사다. 잊어진 과거와 불확실하게 다가올 미래도 잘 모르면서 현재를 세상의 모든 것이라고 말하는 우둔함을 지닌 사람들.

아이고, 신산하고 늠렬한 삶을 살았을 선조들의 정체를, 저 물질들에 의하여 겨우 장님 코끼리 다리 만지듯 밝힐 수 있다니.

몰래 휴대폰의 울림

호남선 하행은 용산역에서 출발한다. 우리에게 당연한 듯 형식화된 그 말도 웃긴다. 왜, 서울은 올라가야 하고 지방은 내려가야 하는지 지구의를 생각하자면 그렇다.

아무튼 오전 열 시에 용산역을 떠나는 KTX 고속열차에 몸을 실었다. 내가 탄 곳은 열차의 중간 토막쯤 되었다.

차 안. 종착역인 목포까지 가자면 세 시간 이십 분이 걸린다는 방송과 텔레비전 화면에 자막이 떴다. 나는 무궁화호보다 더 좁은 자리에 꼼짝없이 한나절을 맡기는 수밖에 없거니 생각하면서 겉옷을 시렁에 올려놓고 앉았다. 열차가 슬슬 움직이는데도 평일이고 오전이어선지 듬성듬성 빈자리는 많았다.

갑자기 내 뒤쪽에서 아야? 나다! 하는 말소리가 들렸다. 조용한 열차 안에서 나는 말소리는 크게 들렸다. 엉겁결에 얼른 휴대폰을 진동으로 조절해두었다. 전라도 사투리 억양인 여성의 목소리는 점점 크게 들려왔다. 뒤돌아보지 않았지만 내 좌석이 거의 뒤편이었으니 끄트머리 좌석 같았다.

그랑께, 거시기 다름이 아니고 이—

내가 나옴실로 안방 사진 가꾸(액자) 뒤에다가 이십만 원을 놔두고 왔응께, 작은 애기가 머시기 간다고 안 했냐?

거그 썰매장인가 뭣인가 보내그라 이—

니가 이— 돈 없다고 안 보낸다고 한께 애기가 너무나 울어서 내 맴이 안 좋더라.

짐작하건대 그쪽에 사는 아주머니가 분명했다.

'이—' 소리를 붙이는 걸 듣자니, 틀림없이 남쪽 지방에 사는 여성이었다.

그리고 한강 다리를 건너서 광명역을 지나 캄캄한

터널을 통과하는데, 또다시 그 아주머니의 목소리가 더 크게 들렸다.

이번에는 저쪽에서 오는 전화를 받은 듯싶었다.

그까짓 일 갖고 뭣 땀시 우냐.

시끄럽다 이— 나 차비 많이 있어야.

그라고 집에 가면 옆에 집에서 돈 받을 것도 있단 말이다.

안 그칠래. 지랄하고 자빠졌네. 시끄럽구만.

그래. 오냐, 그래. 내가 으째 니 맘을 모르것냐. 다 알제 이—

아야? 남들도 다 그렇게 산단다. 남들이라고 별다르다냐.

이— 알었다. 이— 으짜든지 건강하고, 김 서방한테 잔소리 하지 말고 잘 해줘라 이—

잡지를 들추다가도 나는 내심 목소리의 주인공이 누군지 궁금하기 짝이 없었다. 그래서 서대전역을 지나서 화장실에 다녀오다가 목소리의 주인공으로 짐작되는 여인을 얼핏 보았다. 뒷좌석에는 휴가 나온 군인 한 사람과 늙은 남성뿐이었다. 그리고 내 바로 뒤에 육십 가까운 여인이 타고 있었다. 목소리의 주인공이 분명했다. 눈썹도 문신 안 하고 입술연지조차 안 바른 동글납작한 얼굴이었다.

그 아주머니는 종이 쇼핑백 하나만 달랑 들고 나주역에서 내렸다.

이빨의 근원

어금니 끝의 마지막 이를 뽑았다. 뽑아놓고 보니 한낱 동물의 이빨에 불과했다. 세로로 쪼개진 이빨. 뿌리 가운데는 까맣게 삭아있었다. 종내는 쩍 갈라진 이빨을 치과의원에서 가져와 요리저리 살펴보았다. 하나를 뽑았지만 나머지 이 중 뽑아야 할 이는 계속 늘어날 것이다. 살아야 할 시간은 자꾸 줄어들 것이므로.

젊은이들은 키스를 한다.

늙은이들은 가급적 입맞춤을 하지 않는다.

입 안에서 냄새가 나기 때문일까? 사랑이 열기가 약해서일까?

자동차만 해도 그렇다. 새 차의 배기구에서 나오는 가스는 냄새와 색깔이 별로 없지만, 중고차에서 나는 파란 연기와 가솔린 타는 냄새는 독하다. 새로운 것과 낡은 것의 차이는 대개 그러하다.

여성에 있어서 자궁과 생리는 새로운 생명을 만드는 근원을 작용한다. 늙으면 여성호르몬이 줄고 남성호르몬은 증가한다는 것이다. 그래서일까? 남성들은 늙으면 집안에서만 빙빙 돈다. 그때쯤 살림살이에만 얽매여있던 여성들은 바깥으로 나선다. 남성이 여성되고 여성이 남성 된 역현상을 어떤 이는 말한다. 태초에 양성兩性은 하나에서 출발했기 때문에 구별이 애매모호하였다고. 그래서 한 사람은 부족하기 짝이 없고 손바닥을 마주 붙이듯 두 사람이어야만 하나로서 완전하게 존재한다는 것이다. 그러니 세월에 치인 이빨인들 갓난아이의 젖니에서 늙은이의 틀니까지 변화무쌍할밖에.

누렇다 못해 싯누런 이빨. 깨진 단면의 중간이 썩어서 까만 흔적. 코로 킁킁 냄새를 맡아보니, 썩은 음식물 쓰레기나 죽은 동물이 부패되어 나는 매캐하고 구린 악취가 구토할 정도로 났다. 이런 더러운 것이 내 몸에 박혀 몇 십 년을 나와 함께 해온 것이다. 아니,

아이의 깨끗한 젖니가 이렇게 변해버렸다.

어디선가 맡았던 냄새의 기억. 아마 두개골 사이의 어떤 계곡에서 기억으로 저장되었다가 오랜만에 나왔을지도 모른다. 그 기억소가 풀어내는 연상과 함께. 물에 빠진 시신이 썩어서 풍긴 냄새와 흡사했다. 물컹물컹한 살이 물에 불어서 썩은 것과 딱딱한 이빨이 침 속에 잠겨 있다가 나는 악취가 이다지도 비슷하다니.

하나의 생명체 원형이 파괴되어 죽어가는 것은, 냄새에서 시작되는 것인지 모르겠다. 요즘에는 임플란트 시술이 유행이다. 잇몸에 새로운 심을 박아 이를 만든다는 것이다. 육신의 조직체 속에 인조이빨과 조형물을 집어넣어 수술을 하면 생명을 더 연장시킬 수 있다. 텔레비전 외국드라마 〈600만 불의 사나이〉가 생각난다. 인조인간이 따로 없다.

이빨을 뺀 잇몸자국에서는 계속 찝찝한 피가 나고 혀끝으로 확인하려고 자꾸 간질거린다. 원래 있어야 할 곳에서 이가 빠진 공허함을 피돌기가 메우려 하지만, 질퍽한 그 공간이 쉽사리 원형대로 가지는 못한다.

이십여 일 후 새로운 가짜 이물질이 잇몸에 붙는다. 그건 썩은 이빨 대신 새로운 힘을 실어서 음식물을 부수어 위장으로 공급할 것이다. 하기야 이빨이면 어떻고 이면 어떠한가.

거친 음식을 자잘하게 부수어 위장에 전달해주는 것으로 이빨의 책임은 끝난다. 순망치한脣亡齒寒. 잇입술이 없으면 이가 시리다는 말을 정치적 비유로 많이 써먹고 있지만, 몸의 구조 자체가 서로 겹치고 맞물려있어서 당연한 이치다. 이가 좋은 것도 오복 중에 하나라는데 나는 관리부실로 복 하나를 놓치고 만 셈이다.

오래된 미라가 발굴된 사진을 보면, 몇 천 년이 지나도 시신의 이는 옥수수처럼 맞물려 그대로 보존된 듯했다. 크메르루지 군이 학살한 사람들의 해골에도 이들은 가지런히 박혀있었다. 이는 살아있는 사람의 타고난 연장이다. 마지막까지 튼튼하게 관리 유지하는 일이 만수무강의 지름길이다.

쓸데없는 상념

　문을 열고 내다보니, 아, 내려다보니 춘설이 난분분
亂紛紛. 조금 전까지만 해도 하늘이 맹근하여 밤늦게
나 반가운 손님이 올 줄 알았다. 잔뜩 웅크린 하늘이
한꺼번에 찢어지더니 기어코 눈이 왔다. 눈송이들은
어디에 곤두박질을 할세라 천천히 내려온다. 땅에 떨
어지기 전에 녹아버려서 흔적도 없더니만 점점 쌓이
고 있다.

　몇 년 사이, 고결한 눈송이들은 내 가슴 속으로 들
어오지 않았다. 사느라고 팍팍하게 메마른 내 가슴에
서 받아주지 않았다. 하긴 심장과 감성이 그렇게 무
디었으니, 눈인들 내게 들어오고 싶었겠는가. 겨울
가뭄이라고 아우성인데 많이 내리면 좋을 것이다.

　나는 외투를 걸치고 밖으로 나선다. 싸락싸락 하늘

에서 수천억만 송이의 하얀 꽃이 하늘하늘 떨어진다. 무연히 걷다보니 거리에는 나처럼 눈을 맞은 사람들이 많다.

잡다한 영상들이 머릿속에서 시끄러웠다. 갑자기 눈에 덮인 아침이라, 러시아의 길바닥에서 쓰러져 가버린 톨스토이 영감님의 생각도 난다. 또 해질 무렵 깊은 계곡에 갇힌 마을에서 밥을 짓는 연기가 모락모락 피어오르는 풍경도 떠오른다. 언제 적 그 마을 초입에는 벌거벗은 나무들과 한해살이 마른 풀의 잔해가 바람에 흔들렸을 것이다.

하염없이 쏟아지는 저 흰 눈송이 뒤에 희미한 그림자가 깔려있는 느낌이다. 그게 마지막에는 죽음의 그림자인지 뭔지는 몰라도.

나는 이 겨울의 한중간을 서성거리면서 비루한 육신에 대하여 늘 하찮은 아쉬움을 가지고 있다. 안타까운 구걸이 아닐지. 키에르케고르의 말처럼 산다는 일은 죽음에 이르는 일일진대, 무엇이 못미더워 이러는 것일까.

바람에 흔들리는 눈발은 더 거세진다. 도로는 간헐

적으로 달리는 차량의 흔적이 겹치고 겹쳐 검은 흔적을 유지한다. 건물들의 머리 부분은 하얀 솜이불을 뒤집어쓴 지 오래다. 햇볕의 기운이 그리 도도하지 않으면, 눈이 쌓여서 지표는 더 두꺼울 것이다. 더구나 기온이 내려가고 바람마저 성깔을 부리면 땅은 다시 꽁꽁 얼어붙을 게다.

찬바람은 넓은 도로보다는 골목으로 더 좁은 길로 들어와서 변덕을 부린다. 귀때기가 얼얼하다 못해 아프다. 사람들이 새우등으로 구부리고 나타났다가 종종걸음으로 사라진다. 산다는 일은 참으로 엄숙한 노릇이다. 끼니와 편안한 잠을 구걸하기가 힘든 세상에 개인은 초조와 좌절과 절망으로 이어져 사회는 불안하지 않겠는가. 인생들이 처참해지면 세상은 슬프게 돌아간다.

눈송이에 들뜬 사람들도 어둠 속으로 갈앉는다.

거리의 조명을 뒤로하고 나는 다시 집으로 들어온다. 방 안에 우두커니 앉아 있다가 뜨끈한 차를 마신다. 오장육부에 녹아드는 이 행복도 잠시이리라. 쩨

꺽거리는 사발시계의 운동소리가 들린다. 인간들이 만들어 놓은 시간 때문에 죽음은 더 빨리 우리의 내면을 기웃거리는 것이 아닌지.

미래는 불안하다. 현재가 행복할수록 미래는 더욱 불안하다. 불안의 공포는 어디서 오는 걸까. 생애라는 시간은 아무리 접어주어도 너무 짧다. 그 순간 안에서 이것은, 너무나 많은 고통과 번민이 교차하는지라 행복은, 불안보다 더 빨리 가는 느낌이다.

가는 것은 붙잡을 수 없다. 모든 것은 시간 속으로 사라진다. 세상에 어떤 무엇이 영원할까?

앞으로 5억년까지 지구는 안심해도 된다. 그 후로는 태양이 더 뜨거워져 지구는 물론 태양계의 모든 행성까지 열기의 영향을 받게 되리라는 것이다. '칼 세이건'을 비롯한 우주과학자들의 이론이다.

5억년이라니? 도대체 이 시간의 개념은 찰나에 사는 우리에게 너무도 막연하다. 그럼에도 불구하고 존재는 현재로부터 사고하므로 나의 의식은 이 순간일 밖에. 앞으로의 세기를 걱정할 필요가 있을까. 언제나 인간은 선과 악의 축에서 위험한 곡예를 하며 살아왔다. 그저 살아있다는 것, 그리고 지구의 한 종족으로서 우주와 대칭각을 인식하는 일 따위만 생각해도 행복한 일이다.

앙상한 나뭇가지에 지난여름이 묻어있다. 다른 생물들의 죽음과 소생을 보면서 존재를 성찰한다. 육신의 노화는 진행되고 있다. 삶의 모든 부분들은 한 자락씩 깔았다가 버리며 거둔다.

멍청하게 뇌리를 스치는 번민이 있거나 말거나, 고통을 죽음의 배수진으로 치면서 참는다면 이 무기력한 육신은 시간이 앗아갈 것이며 내 생애는 그저 구름이라고 여기면 될 일인데…….

그런데 그게 아니다. 주어진 육신의 시간을 아낌없이 쓰도록 나의 욕망은 길들여져 있고, 자꾸 새롭게 인식되는 욕망을 더욱 '업그레이드' 시킨다. 결국 욕망의 확장성은 블랙홀처럼 삼키고 삼키는 되풀이다.

미래는 벌써 내 육신과 정신의 은하수를 통과하여 꽤 멀리 지나갔다. 그 예측조차 무기력해질 무렵, 죽음의 그림자는 다가설 터?

……죽음이란 영혼이 육체로부터 이탈하는 것
이 아닐까? 죽는다는 것은, 영혼이 육체를 떠나
홀로 있고 또 육체가 영혼을 떠나 홀로 있는 것
이 아닐까?

소크라테스가 일생의 마지막 날, 제자들 앞에서 걷
잡을 수 없는 슬픔의 눈물을 흘리면서 했다는 말이
다. 우연히 책장을 넘기면서 눈에 들어온 이 뜻을 가
끔 생각해본다. 한동안 어떠한 진리보다 더 내 마음
을 송두리째 빼앗아버린 말이다.
사유의 뿌리는 인간들이 켜켜이 쌓아놓은 지적인
성찰에서 온다. 생과 사의 순간이 인생이니 인생은
얼마나 무상한 존재인가.

밥과 약의 공존

　본능이라는 건 동물과 다름 아니다. 자기 자신의 감정에만 충실해진다면 사람은 어떻게 변할까. 오래 살아야겠다는 마음이야 어느 누군들 같을 것이다. 그래서 누구나 나이가 들면 점점 더 구차해지고 치욕스러워지는지 모르겠다.

　짧은 하루에도 세태에 찌든 몸은 시시각각으로 변한다. 몸과 정신이 무기력해지면 활동반경은 좁아지고 만나는 사람도 줄어든다. 먹고 자고, 몸을 지탱하는 1차적 리듬에만 매달게 된다. 요즘 내가 그랬다.

　머릿속에서만 물고 뜯기는 망상에 사로잡혀 몸으로 전이되는 바이러스에 의해 병은 차곡차곡 쌓일 것이다. 곧 닥쳐올 현실적 장면이 공포의 그림자가 되어 시뮬레이션으로 올 건 자명하다. 기적이란 있을 수 없다. 이제 꿈같은 일을 기대하는 건 허망하다. 늘 가망성이 있을 때라야만 꿈은 현실이 되었다.

내일에서 내일로 희망을 엮어나갔던 때는 젊었었다. 젊었던 시절에는 희망에 도전하지 않았어도 좋은 변수가 많이 도사리고 있었다. 생각해보니 기대치라는 걸 믿고 허우적거릴 적에도 팔팔할 때였다. 그래서 나도 그때는 꿈을 많이 꾸었다.

사람은 죽는다. 아무리 건강을 잘 관리해도 언젠가는 죽게 마련이다. 그럼에도 안 죽을 것처럼 눈에 잔뜩 힘을 주면서 사는 이들이 많다. 소멸이라고 말은 하면서도 막상 날개도 없는 영혼을 생각하기가 싫은 것이다.

식도를 통하여 내려가는 물질들은 몸을 지탱하게 해주는 에너지다. 끼니만 되면 밥이 들어가고 반찬들과 혓바닥이 감별해주는 여러 먹이가 위장으로 내려간다.

약도 들어간다. 약해진 심장의 기능을 보조해주었던 알약이 두 알에서 세 알로 늘어난 지도 몇 개월이 지났다. 아마 이것들은 이제 몸의 기능이 다 망가질 때까지 밥처럼 나를 지킬 것이다. 나는 오래전 이것들을 삼키면서 목숨을 온전하게 부지했다. 이처럼 몸의 세계는 몇 안 되는 먹을거리에 의하여 위태롭게 유지된다.

무엇이 인간을 위대하게 한단 말인가. 인간인 우리 스스로 위로하는 자화자찬自畵自讚의 패러독스일 뿐이다. 생명은 언제나 자의와 타의에 물려있는 유일한 인질이다. 그래서 생명의 부지를 위한 제스처는 간교하고 나약하며 쓸쓸한 허무를 내포하고 있다.

어떤 때 알약의 개수는 더 늘어나기도 한다. 감기로 콧물이 나오고 목구멍이 깔깔한 통증이 생기면 몇 알의 약은 각 효능을 더 첨가한다. 뿐이랴, 전립선의 기능마저 시원찮은 나이에 이르면 약은 또 늘어나게 될 것이다. 몸에게는 전지전능한 신이 되어버릴 약 알갱이들. 그것들에 의지되는 무기력증은 습성화되고 몸 속으로 자리를 잡는다.

인간의 면역성은 점점 약화되고 물질은 육신에게 통제권을 가지게 된다. 인간은 생명의 유전인자조차 알 수 없는 것들에게 지배되고 있다. 꿀꺽 삼켜버리면 며칠 동안 생명이 담보되는 이 지독한 공식의 굴레에서 벗어나지 못한다.

단상 斷想

　얇은 유리창이 세상을 가른다. 시야는 공유하나 창 안팎으로 기온의 차가 나기 때문이다. 달리는 버스 안에서 보이는 정월의 산야는 을씨년스럽다. 강둑에 돋아있는 나무와 풀포기 같은 생명은 흙 속에서 숨을 죽이고 있다. 고속도로를 씽씽 달리는 인간들의 움직임만 자연을 거역하고 있을 뿐이다.

　하늘은 푸르스름한 파스텔 톤으로 깔려있다. 슬쩍 스치는 하얀 달이 하늘에 걸려있다. 낮에 나온 반달을 쳐다본다. 윤석중 선생의 동요 '낮에 나온 반달' 처럼 해님이 쓰다 버린 쪽박이다. 그 희미한 달을 보면서 까닭 없이 깜깜한 밤하늘에 박힌 별들을 떠올린다. 푸른 하늘이 밤에는 깜깜한 배경으로 바뀌어 낮에는 드러나지 않던 그 많은 별들을 반짝거린다. 북극성에서 북두칠성은 물론, 수많게 반짝거리는 은하수 안에 티끌처럼 묻힌 별들까지.

눈에 또렷하게 보이는 별들이, 아스라이 떠 잡히지 않는 별보다 더 큰 별일 수도 아닐 수도 있다. 눈앞에 있는 큰 별과 멀리 있는 희미한 별의 크기는 정반대일 수도 있다. 가시거리 때문이다.

거리. 참으로 막연하고 형언할 수 없는 비교의 개념이다. 이미 오래전에 소멸되어버린 별의 빛을, 이제 막 내 눈에 도달한 별빛으로 인식한다는 걸 어디선가 읽었다. 생성과 소멸의 무한대적 허무가 이럴진대 눈에 보이는 것들이 가엾다.

하늘을 찌를 듯 솟아있는 아파트군은 서울에서 수도권 외곽까지 꽉 들어차있다.

목성을 탐사했던 미국의 무인우주선이 수명을 다하여 없앴다고 한다. 목성 어딘가에 생물체가 존재할 가능성이 있다는 자료를 보내고, 지구에서 묻은 미생물이 목성을 오염시킬까봐 착륙시키지 않고 폭파시켰다는 것이다.

인간은 마냥 진보하고 있는 것인가. 벌집처럼 생긴

아파트들과 개미의 통로처럼 흉내 낸 터널과 구조물 위아래로 곤충처럼 생긴 차량, 새같이 날개를 편 항공기가 둥근 지구를 떠다닌다. 착각하지 마라, 문명은 발달했어도 먹고 자고 배설하는 인간의 몸은 직립 이전이나 지금이나 마찬가지다.

태초라는 게 어디에서부터 시작되었는지 모르지만, 우리가 인식하는 시간만큼 역사가 있었고 우리의 세기가 지나면 역사 또한 아물아물할 것이다. 인간은 살아 있는 순간 역사를 인식할 뿐이다. 살아있음으로 자아를 느낀다. 자연은 우리를 상관하지 않는다. 서러운 아침에도 해는 떴고 음산한 밤에도 별들은 반짝거린다.

나는 자연이 되어가는 길을 생각하고 헤아려본다. 본래 슬픔을 함유하고 있는 생명체의 세상에서 무에 그리 기쁨의 나날만 있겠는가. 누구나 나이가 들면 점점 쇠락하고 인간의 역사만 겹겹하다. 겹겹조차 영원하다는 보장은 없다. 누군들 이 길을 벗어날 수 있겠는가. 모든 건 애초부터 한계성을 지닌다. 시간 또한 삭아질 게 당연하다. 나를 위로해주거나 아픔을 달래주었던 이들도 점점 줄어든다. 그들을 따라가는 길이 자연의 법칙인데 나는 왜 슬퍼지는 걸까.

　내일은 북망산으로 갈 것인데, 오늘도 도처에는 내일의 두려움을 애써 모르는 척하는 사람들이 투쟁적인 삶에 목숨을 건다. 하긴 조용하게 스러져갈 짐승이라도 생존의 순간에 행복한 삶을 기대하고 즐기는 일은 당연하다.

　음력 섣달의 햇볕은 아직 삭풍을 이기지 못한다. 지표에서 태양은 멀고 바람은 가깝다. 햇살은 깊지 않고 산야는 쥐죽은 듯 엎디어 있다. 그래야만 식물은 봄볕을 받으며 새움을 틔울 수 있고 동물은 에너지를 축적하며 엄동설한을 버틸 수 있다. 봄이 오리라는 건 거역할 수 없는 만고의 진리이다. 추운 계절을 견디며 절망 속에서도 희망을 꿈꾸는 건, 봄이 오고야 말 미래에 대한 확신이 있기 때문이다.

　버스는 고속도로를 막아서는 바람을 가른다. 속도가 빠를수록 바람과 물체가 싸우는 소리는 요란하다. 바람은 영역을 침범하는 물체에게 분노의 소리를 지르는 것이다. 시간이 햇살을 가르고 어둠 또한 이어지거니 새로운 계절에는 기쁨이 충만했으면 좋겠다.

그림자

그는 항상 어딘가에 있다. 보이지 않다가도 금방 나타난다. 그것은 빛과 생사를 함께한다. 금세 나타났다가도 빛끼리 서로 어슷하게 다툼을 하면 없어져버린다. 빛이 약하면 그림자 또한 희미하다. 언제나 피동적인 그는 빛들의 간섭을 받는 숙명을 지녔으니 신세 한번 불쌍타.

그는 어둠으로 사라지다가 다시 굴욕을 깨물고 나오는 방랑자다. 어둠 속에 숨어 지내다가 빛에 쫓겨 나오는 철저한 고독주의자다.

저 혼자 하는 일도 없고 냄새를 맡지 못하며 듣는 일조차 무심하다. 자신도 없고 타의에 의하여 흉내만 내는 우울함이 서려있다. 타의에 의한 삶이므로 먼저 정체를 드러내는 일 따위 또한 없다. 그러나 그 어떤 것의 짝퉁은 아니다. 닮아도 철저하게 똑같기 때문이다.

그런데 자기 자신의 생명을 빛으로 인하여 얻으면서 왜, 빛을 저주할까. 그는 실물을 배반하지 않으려 하나 빛은 그를 가만히 놔두지 않는다. 실물과 상관없이 그의 위치가 어설프게 꺾이면 자신의 생김새는 새로운 모습으로 나타난다. 물론 그의 의지는 아니다. 그는 변형된 자기 자신의 모습을 실망하거나 체념하지 아니한다. 암흑 속에서 기생하는 슬픔을 자각하기도 전에, 자신의 모습은 굴절되거나 늘어지고 수축되어 아차하면 변형될 수 있다.

만물의 형상을 다 가졌으면서 오만하지 않고 충직한 희생자. 춥거나 더울지라도 자신의 숙명을 속절없이 따라가는 우매한 바보.

왜, 그대의 슬픔을 모를 것인가. 차마 누가 알세라 냉정함과 태연함을 가장한 그대. 태어나서부터 지니고 다니는 모든 아픔을 삭일 수 없고 뱉어버리지 못할 사연이 안타깝다.

오, 그대. 그 모든 입체를 평면으로밖에 흡수할 수 없는 일차원적인 영혼이여!

물에 비친 산 그림자

시님!

산중의 밤은 아직 서늘하고 절간 지붕모서리에 달린 풍경소리 쨍강 쨍강거릴 거외다.

적막한 하룻밤을 지새웠던 날이 아직도 내게 남아 있습디다. 자子시에서 인寅시까지 밤이 새도록 산짐승과 귀신새 우는 소리 때문에 잠 못 든 추억이 아련합니다. 아마도 오만잡귀신들은 이승의 한이 너무 끈끈하게 달라붙어 여전히 구천으로 떠돌고 있겠지요. 희부연 아침이면 머리도 꼬리도 없는 정체 모를 귀신의 그림자가 나타나 산 계곡을 뒤지고 다녔습니다. 추적추적 오던 비가 멈출 무렵, 고즈넉한 앞산의 문필봉을 휘휘 감아 돌던 허연 안개, 바로 그년 말입니다.

부처님 생일이 지나서 동네사람들은 여전히 다랑이

논 모내기로 바쁘겠지요. 햇볕이 더욱 뜨거울수록 초록산등성이는 검푸르러질 겁니다.

억수로 퍼붓던 장맛비 그치고 햇살이 빛날 때, 산에 돋아있는 것들은 선명할 거외다. 고만고만한 산들이 모여 하늘로 가슴을 열면, 절 마당 건너 내려다보이는 저수지는 물거울이 되어 산 그림자를 가득 보듬었지요.

뭣 하셔요? 짜글짜글한 주름살과 곰팡이 핀 육신을 추슬러서, 비로 얼룩진 툇마루를 걸레로 닦고 계시나요. 시님!

아마, 햇살도 부끄러워 내 마음처럼 처마 밑으로 기어들어갈 겁니다.

겨울이 춥고 어두웠기 때문에 뜨뜻한 계절을 더 기다렸을 겁니다.

오월 하루 그 무덥던 날에 모란이 피고 지면, 죽은 남쪽의 그 시인은 여전히 찬란한 슬픔으로 한없이 울 것입니다. 기쁨조차 슬픔의 어두운 그림자를 깔고 우리의 눈물샘을 자극합니다. 스쳐가는 모든 추억이 현재니까요.

시님!

늦가을에는 장엄했던 것들조차 죄다 떨어지고 있습니다. 빗살이 꺾어진 오후, 현계산의 그림자가 어룽거리는 손곡 저수지 수면의 물비늘이 하 그리도 슬픈 것인 줄을 이제야 알았습니다.

백팔번뇌의 한 귀퉁이도 아닌 나의 번민은, 스님의 몰골에 어린 수심 가득함을 생각하면 사치스런 마음인 것을요.

스님은 추레한 바지에 흙탕물 무늬를 박으며 탱글탱글한 토란 알을 캐내었지요. 아무 것도 줄 것이 없다며 내놓은 까만 비닐봉지. 나는 허허롭게 빈속에다 소주잔을 거푸 털어 넣었습니다.

산다는 일은 그리도 무거운 일이었는지요?

하늘은 속절없이 푸르고 푸르렀습니다. 한 점의 구름조차 없는 산중에서 써늘한 바람이 내 목 언저리를 지나갔습니다.

시님!

삼라만상이 오돌오돌 떨며 저무는 가을에, 추슬러지지 못한 법당의 금빛 부처님의 미소와 보리까끄라

기보다 더 거친 스님의 엷은 웃음을 나는 뇌리에서 아직 꺼내지 못했습니다.

내가 어스름 돋은 그 곳을 떠난 뒤에도, 손곡 저수지에 비친 현계산의 적막한 그림자는 물결 위로 혹은, 산자락을 오르내리겠지요.

짧은 나들이는 나의 슬픔이 되었습니다.

혼자라는 이름

비가 주르륵주르륵 하염없이 내리기 시작했다. 몸뚱이는 끈적끈적한 불쾌감을 일으켜 예민한 반응이 왔다. 밤은 이슥해지고 장마가 진 것이다. 음습한 방 안에서 구질구질한 한 마리의 갑충이 되든가, 아니면 멍청한 미라가 된다.

천장의 빛이 바랜 무늬들이 금방이라도 우수수 떨어질 것처럼 어수선하다. 무망하게 퍼질러진 의식의 잔해는 스스로 바이러스가 되기 십상이다. 지겨움은 급속 냉각되는 게 아니다. 그래서 뭘 생각하는 것도 아니게 그냥 멍하니 온갖 잡념이, 뇌리를 향해 쏜살처럼 달려와 헤집는 일이 두렵다.

― 뭐가 두렵다고?

― 천만에. 두렵긴 뭐가 두려워.

─ 아무 생각 없이 멍청하게 하품처럼 게슴츠레한 그 눈빛이?

─ 그래, 그건 맞는 말이야.

─ 소주 한잔 마셔보지 그래?

─ 소주를? 그 따위 알코올 따위를 내게 투여한들 시간만 빼앗을 뿐이야.

─ 그래서, 잊는다는 것도 잠시 마취의 상태일 뿐이고, 혼자서 다시 되살아오는 현실이 더 무서울 것 같아서 그렇지?

나는 중얼거려본다. 혼자서.

아니다, 누군가 나의 머릿속을 비집고 들어온 것 같다.

아니다, 오래 전 나를 떠난 내가 다시 돌아와 문을 열고 방에 들어선 것이리라.

아마 그것은, 고독의 무섬증 따위에서 오는 압박에서 벗어나려는 몸부림에 다름 아니다. 두려운 것은 자기 자신이고 자신을 제어하려는 장치도 몸속에 있을 터. 캄캄한 밤, 숲속에서 목청을 높여 노래를 불렀던 기억 같은 것이지.

304 의식이 길들여지는 원인이 일상이고, 삶이 흩어지

는 순간이 끝이라면, 태어나서 죽을 때까지 내가 스칠 사람들은 모두 얼마나 될까. 시간을 내 마음대로 조절할 수 없는 세상에서 나는 혼자라는 인식을 떨쳐버리지 못한다. 그 혼자라는 개별자적 개념. 두려움은 거기에서 찾아드는데, 두려움을 느끼는 혼자끼리 결속. 그것이 사회성 아니겠는가. 신은 개코원숭이보다 더 영악한 우리를 민들레 꽃씨처럼 사방으로 흩어지게 했다. 그리고 원시성을 잃어버린 인류에게 세포분열을 부추겨 지구의 무게를 얼마나 더 무겁게 하려고 이러는 걸까?

깝죽대보아야 나는 시간을 거슬러 올라갈 수가 없다. 오직 시간과 공간은 밀폐된 그릇일 뿐이다. 씨앗이 열매를 만들고 시들어 지듯 공간과 시간의 비례 속에서 나의 모든 것이 흐른다. 시간을 움켜쥐고 있는 힘의 원천, 이 얼마나 무서운 신의 권리더란 말이냐. 내가 내게 착취를 당하고 마지막에는 소멸이라니, 죽음에 이르는 절망을 어찌할거나.

불안한 삶이 나를 속여도 꽥 소리 한번 못 질렀다. 살아있다는 것은 얼마나 불확실한가.

장자의 꿈

나는 노랑나비가 되어 이곳저곳을 기웃거린다. 비가 오면 나뭇잎에 숨었고 바람이 불면 바람 따라 파르르 날개를 떨었다. 나의 더듬이와 눈은 퇴화되어 가끔 앉지 않아도 될 곳에서 털럭거리는 날개를 퍼덕거리며 착륙을 시도한다. 불시착이 아니면 다시 날개를 털며 헤맨다.

수많은 그들도 꽃과 꽃들 사이에서 팔랑거리며 몸을 부르르 떨었다. 지평선에 아지랑이 아른거리고, 유채꽃 밭이거나 자운영 촘촘히 고개를 내미는 들판 아니라도 어두워지면 잠잔다. 이정표는 없다. 그렇지만 나는 갈 곳을 가리지 못하고 날개를 퍼덕이며 생명의 끝 가까이 왔다보다. 끝이란, 생애의 종말이다.

나에게 거울은 따로 없다. 다른 나비들을 보면 내가

보인다. 그들은 공중에서 반짝이며 흩날리는 종이처럼 현란하게 나풀거린다. 다리와 더듬이로 냄새를 맡으며 하양날개, 노랑날개, 호랑날개를 너덜거리면서 꽃의 암술을 찾아 헤맨다. 꽃가루가 없으면 과즙이나 시금털털한 육즙을 찾아 나선다. 꽃잎 닮은 날개에 달린 가녀린 몸으로 꿀샘을 탐한다.

어제가 오늘인가 하면 금방 내일이 어제다. 곤충이나 날짐승이나 생명은 그 스스로 느끼는 것만큼 주어지고 시든다.

더듬이가 길들여진 대로 날개를 휘저으면 되겠거니 했는데, 그게 아니다. 언제나 정해진 항로와 휴식처는 없었다. 시간과 공간은 나의 편이 아니었다. 그런 줄도 모르고 나는 이제껏 젊은 만용을 나래 짓으로 함부로 써버렸던 것이다.

그것이 나의 숙명이었는지 모른다. 누군가가 강요하거나 윽박지르지도 않았는데 말이다. 때로는 자각 증상이 올 때도 있다. 내가 알에서 애벌레였을 적에, 어렴풋이 떠오르는 꿈은 이런 것이 아니었다. 나비가 된 지금, 그냥 나래 짓으로 유채꽃과 아카시아 향기와

밤나무를 따라 나서면 운명으로 흘러갈 줄 알았다.

잠을 깼다. 달려있어야 할 날개가 없었다. 자유분방한 내 거드름과 몸짓은 어떤 영혼의 육신을 대신하여 훨훨 날아다녔던 모양이다. 그리고 이내 이빨도 발톱도 없는 몸은 커다란 날개를 휘저으며 풀과 잡초 아래로 추락하였나보다. 나는 꿈을 꾸었던 것이다.

아슴푸레한 빛은 어둠을 이겨내지 못했다. 깬 잠을 탓해본들 무엇하랴. 더구나 오줌이 꽉 차서 일어나야만 했다. 새벽 네 시라니. 이런 시간이면 다시 잠들어야 한다. 그런데 눈은 더 말똥말똥하다. 억지로 잠을 청하다가 일어나기로 했다. 바깥을 내다보았다. 밤에 내리던 눈송이들은 흔적도 없다. 간간이 전조등을 켜고 내달리는 차량들의 소음이 유리창 문을 건드린다.

붉은 자운영도 노란 유채꽃잎도, 너울너울 춤을 추었던 호랑나비도 안 보였다. 나비가 아니라면, 나는 무엇이란 말인가?

간밤에는 인체해부학 책을 꺼내어 훑어보았다. 많은 용어와 명칭들을 외우려다 멍해져서 한 장씩 넘겼다. 과욕이다. 외우는 일이 예전처럼 쉽지가 않다. 이제 늙은이가 되어가고 있다.

문득 선고先考의 얼굴이 떠오른다. 나 어렸을 적에, 아버지는 늙어서 침침한 눈과 허물어져가는 육신을 어떻게든 이겨보려고 애를 쓰신 듯했다. 칠순의 노인이 한겨울에 냉수마찰을 하는 거며, 끼니때마다 소금으로 잇몸을 닦았다. 당시대와 엇박자로 나가면서도, 돋보기를 끼고 책을 펴들었으며 펜촉을 잉크에 찍으셨다. 나 또한 그 길을 한 치의 에누리도 없이 가게 되었다. 누구나 늙을수록 몸뚱이에 대한 관리비용이 만만치는 않으리라.

세상의 여러 동물들이 꿈꾸고 있을 그 시간에, 나도 먼 곳을 향하여 고무풍선처럼 두둥실 떠올랐던 모양이다. 책을 덮고 나서 스르르 잠이 들었던 것이다. 모든 것들은, 제각각 작은 우주를 지니고 있다. 나 혼자라는 사실을 낯설지 않게 하려면 타인의 개별자적 사실도 인식해야 한다. 두개골 사이에서 무시로 발생하는 온갖 것들이 시간을 깨어 저장하고 삭제하는 되풀이를 하지 않던가.

날개 구겨진 너여!

그대의 슬픔은 어디에서 연유하였는가?

이제는 조용히 육신과의 충돌이 교감신경과의 마찰에서 빚어진 쓰레기 같은 의미를 용서하라. 무無도 없고 유有도 없음직한 막막한 공간에 떠서 무엇을 찾아 방황하였더냐.

아, 날개 접힌 너여!

슬픔 또한 욕망의 그늘에서 기생하였던 바이러스들이 아니었을까.

그대는 사랑을 기다리고, 운명을 느껴 혼신을 다했다고 생각했으리라. 시간의 소모로 얻은 대가조차 결국은 모두로부터 잊혀질진대, 그 테두리를 넘어서는 것은 얼마나 쓸데없는 일인가.

아아, 날개 부러진 너여!

사람들의 안구 저 너머에 깊이 박힌 질시와 증오의 영상을 어떻게 처리하여야 하나. 날빛이 어른거린다. 어둠은 물러가고 빛은 돋으리니, 그 빛 또한 어제가 아니더냐.

　시간은 결국 네 편이 아니었다. 시간은 길이도 넓이도 부피조차 아니었다. 그렇다면 너는 착각을 했던 것이다. 교신이 끊긴 더듬이와 닳아빠진 날개를 훨훨 저어 꿀을 따러 다니는 일은 천형이었나. 천형을 삶으로 받은 일은 이제 시간 속에 매몰되었다.

　아아아, 헐렁한 고치에서 허물이 벗겨져 반들반들하고 단단한 번데기로 굳어버린 너여!

　이 지상의 어디든지 너, 쉴 곳은 없구나.

　산 넘어가고 강 따라 가도, 네가 쉴 무덤은 보이지 않는다.

승리도 패배조차도 역사의 시간 속으로 스러지는 것이니
자만하거나 비통해하지 마라.
다만, 인간은 존재의 순간에 삶을 간직한다.
세상과 불화했던 이들이여,
울지 마라. 인간의 삶은 늘 그러했노라고.